绿风文丛

林贤治 主编

现代名家植物小品

葵和向日葵

桑农 编选

南方出版传媒
花城出版社
中国·广州

图书在版编目（CIP）数据

葵和向日葵：现代名家植物小品 / 桑农编选. --
广州：花城出版社，2020.3
（绿风文丛 / 林贤治主编）
ISBN 978-7-5360-8981-5

Ⅰ. ①葵… Ⅱ. ①桑… Ⅲ. ①随笔—作品集—中国—现在②随笔—作品集—中国—当代 Ⅳ. ①I266.1

中国版本图书馆CIP数据核字(2020)第021782号

出 版 人：肖延兵
策划编辑：张 懿
责任编辑：林 菁 邹蔚昀
技术编辑：凌春梅
装帧设计：林露茜
内文插画：鑫 鑫

书 名 葵和向日葵：现代名家植物小品
KUI HE XIANGRIKUI：XIANDAI MINGJIA ZHIWU XIAOPIN
出版发行 花城出版社
（广州市环市东路水荫路11号）
经 销 全国新华书店
印 刷 佛山市迎高彩印有限公司
（佛山市顺德区陈村镇广隆工业区兴业七路9号）
开 本 880毫米×1230毫米 32开
印 张 9.5 12插页
字 数 180,000字
版 次 2020年3月第1版 2020年3月第1次印刷
定 价 45.00元

总　　序

林贤治

一天，到张懿的办公室小坐，见醒目地添了几盆花草，摆放很讲究。座椅后壁，挂了两幅手绘的水彩画，画的仍是花草。深秋的午后，一室之中，遂有了氤氲的春意。因谈花草，转而谈及关于花草的书。她说，坊间的这类书很零散，何不系统地做一套丛书？我表示赞成，她便顺势让我着手做组织的工作。

有关花草树木的书，我多有购置。除了科普，随笔类也留意挑选一些识见文笔俱佳者，其中，沈胜衣给我的印象最深。他是东莞人，想不到还是一位地方的农业官员，通过电话联络，隔了几天，他径自开车到出版社来了。人很热情，没有可恶的官场习气，倒有几分儒雅。在赠我的书中，有一套他任职之余编辑的丛刊，名《耕读》，印制精美，可见心魂所系。

沈胜衣当日答允为丛书撰稿，归去之后，一并推荐了几位作者。我再邀来朋友桑农和半夏，在花草无言的感召下，很快凑足了这样一套丛书。

桑农编选的两种：《不屈的黑麦穗》和《葵和向日葵》，是丛书中的选本；一国外，一国内，都是名家。桑农长期写作书话，是编书的好手。他选的两种书，从植物入，从文学出，是真正的美文。《草莓》的入选尤使我感到欣喜，如遇故人，几十年前读到，至今手上依然留有整篇文字的芳馥，那“十八岁的馨香”。

沈胜衣喜读书，也喜抄录，加之注意语言的韵味，所以，笔下的《草木光阴》显得丰茂而雅致。作者置身在草木中，却无时不敏感于生命的流转，时有顾惜之意。忆往，伤逝，作品内含了悲剧中的某种美学意味，所以特别耐看。半夏是杂文家，《我爱本草》取材皆为中药，配以杂文，实在很相宜。鲁迅之所谓杂文，原也同小说一样，目的在于“疗救”，种类颇杂，并非全是匕首投枪式。信笔由之，何妨谈笑，不是“肉麻当有趣”便好。半夏此书，写法上，却近似周作人的一些名物小品，平和，闲适，而别有风趣。许宏泉的《草木皆宾》，取画家的视角，多有画事的掌故琐闻。至于王元涛的《野菜清香》，特色自是写“野”。一般文士喜掉书袋，后者亦不乏此中杂俎，但未忘现实人生，夹带了不少历史、社会人文的元素，多出一种经验主义的东西。

钱红丽的《植物记》，将日常所见的花草，匀以生活的泥土，勃勃然遂有了一份鲜活、亲和的气息。戴蓉的《草木本心》，比较起来，偏于娴静，有更多的书卷气。这是两种不同的诗意，或许是沈胜衣序中说的“植物型人格”所致吧？论人性，大约男性近于动物，女性近于植物，难怪她们写起花草来，都能深入其“本心”。这两部小品，不妨当作女性作者的自我抒情诗来读。

编辑中，时时想起故乡的花草。它们散漫于山间田野，兀自开落，农人实在少有余暇观赏，倒是有一些药草，正如荒年供人果腹的野菜一样，不时遭到采掘。以微贱之躯，为救治世间穷人，或剁碎为泥，或投身瓦器，我以为精神是高贵的。但是，从野草们的立场看，未必见得如此。人类与草木之间，始终找不到一种共同的语言，想起来，不觉多少有点寂寞。

2018年11月10日

目录 contents

第一辑

第二辑

第三辑

第四辑

第五辑

第六辑

第七辑

第八辑

第九辑

第十辑

第十一辑

第十二辑

第一辑

两株树

周作人

我对于植物比动物还要喜欢，原因是因为我懒，不高兴为了区区视听之娱一日三餐地去饲养照顾，而且我也有点相信“鸟身自为主”的迂论，觉得把它们活物拿来做囚徒当奚奴，不是什么愉快的事，若是草木便没有这些麻烦，让它们直站在那里便好，不但并不感到不自由，并且还真是生了根地不肯再动一动哩。但是要看树木花草也不必一定种在自己的家里，关起门来独赏，让它们在野外路旁，或是在人家粉墙之内也并不妨，只要我偶然经过时能够看见两三眼，也就觉得欣然，很是满足的了。

树木里边我所喜欢的第一种是白杨。小时候读古诗十九首，读过“白杨何萧萧，松柏夹广路”之句，但在南方终未见过白杨，后来在北京才初次看见。谢在杭著《五杂俎》中云：

“古人墓树多植梧楸，南人多种松柏，北人多种白杨。白杨即青杨也，其树皮白如梧桐，叶似冬青，微风击之辄淅沥有声，故古诗云，白杨多悲风，萧萧愁杀人。予一日宿邹县驿馆中，甫就枕即闻雨声，竟夕不绝，侍儿曰，雨矣。予讶之曰，岂有竟夜雨而无檐溜者？质明视之，乃青杨树也。南方绝无此树。”

《本草纲目》卷三五下引陈藏器曰：“白杨北上极多，人种墟墓间，树大皮白，其无风自动者乃杨移，非白杨也。”又寇宗奭云：“风才至，叶如大雨声，谓无风自动则无此事，但风微时其叶孤极处则往往独摇，以其蒂长叶重大，势使然也。”王象晋《群芳谱》则云杨有二种，一白杨，一青杨，白杨蒂长两两相对，遇风则簌簌有声，人多植之坟墓间，由此可知白杨与青杨本自有别，但“无风自动”一节却是相同。在史书中关于白杨有这样的两件故事：

《南史·萧惠开传》：“惠开为少府，不得志，寺内斋前花草甚美，悉铲除，别植白杨。”

《唐书·契苾何力传》：“龙翔中司稼少卿梁脩仁新作大明宫，植白杨于庭，示何力曰，此木易成，不数年可茂。何力不答，但诵白杨多悲风萧萧愁杀人之句，脩仁惊悟，更植以桐。”

这样看来，似乎大家对于白杨都没有什么好感。为什么呢？这个理由我不大说得清楚，或者因为它老是簌簌地动的缘故罢。听说苏格兰地方有一种传说，耶稣受难时所用的十字架是用白杨木做的，所以白杨自此以后就永远在发抖，大约是知道自己的罪孽深重。但是做钉的铁却似乎不曾因此有什么罪，黑铁这件东西在法术上还总有点位置的，不知何以这样地有幸有不幸。（但吾乡结婚时忌见铁，凡门窗上铰链等悉用红纸糊盖，又似别有缘故。）我承认白杨种在墟墓间的确很好看，然而种在斋前又何尝不好，它那瑟瑟的响声第一有意思。我在前面的院子里种了一棵，每逢夏秋有客来斋夜话的时候，忽闻淅沥声，多疑是雨下，推户出视，这是别种树所没有的佳处。梁少卿怕白杨的萧萧改种梧桐。其实梧桐也何尝一定吉祥，假如要讲迷信的话，吾乡有一句俗谚云，“梧桐大如斗，主人搬家走”，所以就是别庄花园里也很少种梧桐的。这实在是一件很可惜的事，梧桐的枝干和叶子真好看，且不提那一叶落知天下秋的兴趣了。在我们的后院里却有一棵，不知已经有若干年了，我至今看了它十多年，树干还远不到五合的粗，看它大有黄杨木的神气，虽不厄闰也总长得十分缓慢呢。——因此我想到避忌梧桐大约只是南方的事，在北方或者并没有这句俗谚，在这里梧桐想要如斗大恐怕不是容易的事罢。

第二种树乃是乌桕，这正与白杨相反，似乎只生长于东南，北方很少见。陆龟蒙诗云“行歇每依鸦舅影”，陆游诗云“乌桕赤于枫，园林二月中”，又云“乌桕新添落叶红”，都是江浙乡村的景象。《齐民要术》卷十列“五谷果瓜菜茹非中国物产者”，下注云“聊以存其名目，记其怪异耳，爰及山泽草木任食非人力所种者，悉附于此”，其中有乌桕一项，引《玄中记》云：“荆阳有乌臼，其实如鸡头，送之如胡麻子，其汁味如猪脂。”《群芳谱》言“江浙之人，凡高山大道溪边宅畔无不种”，此外则江西安徽盖亦多有之。关于它的名字，李时珍说：“乌喜食其子，因以名之。……或曰，其木老则根下黑烂成臼，故得此名。”我想这或曰恐太迂曲，此树又名鸦舅，或者与乌不无关系，乡间冬天卖野味有桕子舃（读如呆鸟字），是道墟地方名物，此物殆是乌类乎，但是其味颇佳，平常所谓舃肉几乎便指此篇也。

桕树的特色第一在叶，第二在实。放翁生长稽山镜水间，所以诗中常常说及桕叶，使是那唐朝的张继寒山寺诗所云“江枫渔火对愁眠”，也是在说这种红叶。王端履著《重论文斋笔录》卷九论及此诗，注云：“江南临水多植乌桕，秋叶炮霜，鲜红可爱，诗人类指为枫，不知枫生山中，性最恶湿，不能种之江畔也。此诗江枫二字亦未免误认耳。”范寅在《越谚》卷中桕树项下说：“十月叶丹，即枫，其子可榨油，农皆植田边。”就把两者误合为一。罗逸长《青山记》云：“山之麓朱村，盖考亭之祖居也，自此倚石啸歌，松风上下，遥望木叶着霜如渥丹，始见怪以为红花，久之知为乌桕树也。”《蓬窗续录》云：“陆子渊《豫章录》言，饶信间桕树冬初叶落，结子放蜡，每颗作十字裂，一丛有数颗，望之若梅花初绽，枝柯诘曲，多在野水乱石间，远近成林，真可作画。此与柿树俱称美荫，园圃植之最宜。”这两节很能写出桕树之美，它的特色仿佛可以说是中国画的，不过此种景色自从我离了水乡的故国已经有三十年不曾看见了。

桕树子有极大的用处，可以榨油制烛，《越谚》卷中蜡烛条下注曰：“卷芯草干，熬桕油拖蘸成烛，加蜡为皮，盖紫草汁则红。”汪日桢著《湖雅》卷八中说得更是详细：

“中置烛心，外裹乌桕子油，又以紫草染蜡盖之，曰桕油烛。用棉花子油者曰青油烛，用牛羊油者曰荤油烛。湖俗粑神祭先必燃两炬，皆用红桕烛。婚嫁用之曰喜烛，缀蜡花者曰花烛，祝寿所用曰寿烛，丧家则用绿烛或白烛，亦桕烛也。”

日本寺岛良安编《和汉三才图会》五八引《本草纲目》语云：“烛有蜜蜡烛虫蜡烛牛脂烛桕油烛”，后加案语曰：“案庸式云少府监每年供蜡烛七十挺，则元以前既有之矣。有数品，而多用木蜡牛脂蜡也。有油桐子蚕豆苍耳子等为蜡者，火易灭。有鲸蜗油为蜡者，其焰甚臭，牛脂蜡亦臭。近年制精，去其臭气，故多以牛蜡伪为木蜡，神佛灯明不可不辨。”

但是近年来蜡烛恐怕已是倒了运，有洋人替我们造了电灯，其次也有洋蜡洋油，除了拿到妙峰山上去之外大约没有它的什么用处了。就是要用蜡烛，反正牛羊脂也凑合可以用得，神佛未必会得见怪——日本真宗的和尚不是都要娶妻吃肉了么？那么桕油并不再需要，田边水畔的红叶白实不久也将绝迹了罢。这于国民生活上本来没有什么关系，不过在我想起来的时候总还有点怀念，小时候喜读《南方草木状》《岭表录异》和《北户录》等书，这种脾气至今还是存留着，秋天买了一部大板的《本草纲目》，很为我的朋友所笑，其实也只是为了这个缘故罢了。

苋菜梗

周作人

近日从乡人处分得腌苋菜梗来吃，对于苋菜仿佛有一种旧雨之感。苋菜在南方是平民生活上几乎没有一天缺的东西，北方却似乎少有，虽然在北平近来也可以吃到嫩苋菜了。查《齐民要术》中便没有讲到，只在卷十列有人苋一条，引《尔雅》郭注，但这一卷所讲都是“五谷果瓜菜茹非中国物产者”，而《南史》中则常有此物出现，如《王智深传》云：“智深家贫无人事，尝饿五日不得食，掘苋根食之。”又《蔡樽附传》云：“樽在吴兴不饮郡斋井，斋前自种白苋紫茄以为常饵，诏褒其清。”都是很好的例。

苋菜据《本草纲目》说共有五种，马齿苋在外。苏颂曰：“人苋白苋俱大寒，其实一也，但大者为白苋，小者为人苋耳，其子霜后方熟，细而色黑。紫苋叶通紫，吴人用染爪者，诸苋中唯此无毒不寒。赤苋亦谓之花苋，茎叶深赤，根茎亦可糟藏，食之甚美味辛。五色苋今亦稀有，细苋俗谓之野苋，猪好食之，又名猪苋。”李时珍曰：“苋并三月撒种，六月以后不堪食，老则抽茎如人长，开细花成穗，穗中细子扁而光黑，与青箱子鸡冠子无别，九月收之。”《尔雅·释草》曰：“蒉赤苋。”郭注云：“今之苋赤茎者。”郝懿行疏乃云：“今验赤苋茎叶纯紫，浓如燕支，根浅赤色，人家或种以饰园庭，不堪啖也。”照我们经验来说，嫩的紫苋固然可以瀹食，但是“糟藏”的却都用白苋，这原只是一乡的习俗，不过别处的我不知道，所以不能拿来比较了。

说到苋菜同时就不能不想到甲鱼。《学圃余疏》云：“苋有红白二种，素食者便之，肉食者忌与鳖共食。”《本草纲目》引张鼎曰：“不可与鳖同食，生鳖瘕，又取鳖肉如豆大，以觅菜封裹置土坑内，以上盖之，一宿尽变成小鳖也。”其下接联地引汪机曰：“此话屡试不验。”《群芳谱》采张氏的活稍加删改，而未云“即变小鳖”之后却接写一句“试之屡验”，与原文比较来看未免有点滑稽。这种神异的物类感应，读了的人大抵觉得很是好奇，除了雀入大水为蛤之类无可着手外，总想怎么来试他一试，苋菜鳖肉反正都是易得的材料，一经实验便自分出真假，虽然也有越试越糊涂的，如《酉阳杂俎》所记：“蝉未脱时名复育，秀才韦翾庄在杜曲，常冬中掘树根，见复育附于朽处，怪之，村人言蝉固朽木所化也，翾因剖一视之，腹中犹实烂木。”这正如剖鸡胃中皆米粒，遂说鸡是白米所化也。苋菜与甲鱼同吃，在三十年前曾和一位族叔试过，现在族叔已将七十了，听说还健在，我也不曾肚痛，那么鳖瘕之说或者也可以归入不验之列了罢。

苋菜梗的制法须俟其“抽茎如人长”，肌肉充实的时候，去叶取梗，切作寸许长短，用盐腌藏瓦坛中；候发酵即成，生熟皆可食。平民几乎家家皆制，每食必备，与干菜腌菜及螺蛳霉豆腐千张等为日用的副食物，苋菜梗卤中又可浸豆腐干，卤可蒸豆腐，味与“溜豆腐”相似，稍带枯涩，别有一种山野之趣。读外乡人游越的文章，大抵众口一词地讥笑上人之臭食，其实这是不足怪的，绍兴中等以下的人家大都能安贫贱，敝衣恶食，终岁勤劳，其所食者除米而外唯菜与盐，盖亦自然之势耳。干腌者有干菜，湿腌者以槐菜及苋菜梗为大宗，一年间的“下饭”差不多都在这里，《诗》云，我有旨蓄，可以御冬，是之谓也，至于存置日久，干腌者别无问题，湿腌则难免气味变化，顾气味有变而亦别具风味，此亦是事实，原无须引西洋干酪为例者也。

《邵氏闻见录》云：“汪信民常言，人常咬得菜根则百事可做，胡康侯闻之击节叹赏。”俗语亦云：“布衣暖，菜根香，读书滋味长。”明洪应明遂作《菜根谭》以骈语述格言，《醉古堂剑扫》与《婆罗馆清言》亦均如此，可见此体之流行一时了。咬得菜根，吾乡的平民足以当之，所谓菜根者当然包括白菜芥菜头、萝卜芋艿之类，而苋菜梗亦附其下，至于苋根虽然救了王智深的一命，实在却无可吃，因为这只是梗的末端罢了，或者这里就是梗的别称也未可知。咬了菜根是否百事可做，我不能确说，但是我觉得这是颇有意义的，第一可以食贫，第二可以习苦，而实在却也有清淡的滋味，并没有蕺这样难吃，胆这样难尝。这个年头儿人们似乎应该学得略略吃得起苦才好。中国的青年有些太娇养了，大抵连冷东西都不会吃，水果冰激淋除外，我真替他们忧虑，将来如何上得前敌，至于那粉泽不去手，和穿红里子的夹袍的更不必说了。其实我也并不激烈地想禁止跳舞或抽白面，我知道在乱世的生活中耽溺亦是其一，不满于现世社会制度而无从反抗，往往沉浸于醇酒妇人以解忧闷，与中山饿夫殊途而同归，后之人略迹原心，也不敢加以菲薄，不过皮也只是近于豪杰之徒才可以，绝不是我们凡人所得以援引的而已。——喔，似乎离本题太远了，还是就此打住，有话改天换了题目再谈罢。

野草的俗名

周作人

《缘督庐日记抄》卷十三，光绪丁未四月下云：

“初七日，往返田塍，见野花，指问村人。野木犀枝叶花朵皆如桂，但白色。墙上有藤下垂如金银花，亦白色，土人谓之石沿藤花。又有小红花，瓣如障扇形，土人名山荷花浪。此皆土俗语，若欲考其名义，须检《尔雅》本经。”叶鞠裳好古，故尊信《尔雅》《本草》，但土俗语亦自佳，即古书中名义多自俗名出，注疏家亦多征引，若郝兰皋的《尔雅义疏》最为显著，不佞亦正以此益喜之也。毛子晋著《毛诗陆疏广要》，疏解烦详，后刻入《青照堂丛书》中，有李时斋批语常引俗名，在采采芣苡条云：

“车前以多生道旁故名，吾乡人或名猪耳。叶断之有丝，小儿或呼为老婆绩线。”此于经说或博物学上不知价值若何，却是民俗专业的好资料，可以见平民或儿童心理，不单是存方言而已。范啸风著《越谚》卷中记名物，《花草》项下有绍兴土俗名数条，稍为增补注释共得八则。

一　臭婆娘

臭婆娘，《越谚》注云：“其子细，其气臭，善惹人衣。《留青日札》名曰夫娘子，实即《尔雅》所谓虉䔄窃衣耳。越呼是名。”钱沃臣《蓬岛樵歌续编》注云：“《留青日札》，草子甚细，其气臭恶，善惹人衣者，句曰夫娘子。南方谓妇人无行者曰夫娘，盖言其臭恶善惹人者。案即《尔雅》虉䔄窃衣，俗曰臭花娘草。”钱君为象山人，可知宁绍方言相同也。郝兰皋《尔雅义疏》下一窃衣注云：“今按此草高一二尺，叶作椏缺，茎头攒蔟，状如瞿麦，黄蕊蓬茸，即其华敷，粘着人衣不能解也。”《本草》似未著录。日本中勘助小说《银茶匙》前篇四十三叙岩桥至丛莽中采取狗虱，撒人衣发上，盖即此物，亦是土俗名，字书上无考，平常只如字解作狗身上虱，此殆以形似而借用也。

二　官司草

官司草，《越谚》作官私草，注云：“有茎而韧，孩童争胜为戏。”案此即是车前，如苏颂所云，春初生苗，叶布地如匙面，中抽数茎作长穗如鼠尾，花甚细密，青色微赤。儿童拔其茎，对折相套，用力拉之，断者为输，盖是斗草之戏也。

俗称诉讼为打官司，故有此名，官私疑误。尤西堂著《艮斋续说》卷七云：

“《芣苢》序曰，后妃之美也，和平则妇人乐有子矣。传曰，文王之时万名和乐，儿童歌谣。申公亦谓童儿斗草嬉戏歌谣之词。今急口读之，其声甚似。”《诗传》《诗说》原系丰道生伪作，但灰草之说亦颇可喜，姚首源在《通论》中大加以嘲笑，未免以人废言矣。日本寺岛良安编《和汉三和图会》卷九十四有角牴草一项，注云：

“案角牴草原野湿地有之，叶布地丛生，微扁，似石菖而色浅。秋起茎，顶作穗青白色，可有细子而不见。其茎扁强健，长六七寸，小儿取茎绾穗结如钱褪，而用二个，一插其结处，两人持茎相引而断者为输以戏，因此草俗名相扑草。”看图盖是莎草类，儿童游戏用法相同，故名亦相类，在中国不知何名也。《和汉三才图会》原用汉文，今仍其旧，唯一二费解处，稍为修改。

三　黄狗尾巴

黄狗尾巴，《越谚》无注。《尔雅义疏》下一稂童粱下引郑志：“韦曜问云，《甫田》维莠今何草？答曰，今之狗尾也。”《本草纲目》卷十六狗尾草下时珍曰：“莠草秀而不实，故字从秀，穗形像狗尾，故俗名狗尾。”《和汉三才图会》注云：“案狗尾草原野多有之，小儿用之钩蛙为戏者。”

中国不闻有此游戏，但小儿亦喜采取玩弄耳。

四　碰鼻头草

碰鼻头草，《越谚》湴浡头草，注云：“似莼。”《本草纲目》卷十九莕菜下时珍曰：“莕与莼，一菜二种也，并根连水底，叶浮水上，其叶似马蹄而圆者，莼也，叶似莼而微尖长者，莕也，夏日俱开黄花，亦有白花者。”这里所谓碰鼻头草盖是莕而非莼。越中多水，城内道路几乎水陆并行，乡下则河港尤阔大，交通必赖舟楫，人民对于水里的东西自然特别感兴趣。如坐“躅桨船”——《越谚》卷中注云：“小而快，用脚踏桨，桨在后，躅从《荀子·礼论篇》注。”案躅字无可注音，当读如绍兴音弱。——中，进村间小溇，见两岸碧叶贴水，间开黄白小花，随便桨波上下，便知俗名之妙，老百姓非全无幽默者也。《诗经·周南》云：“参差荇菜，左右流之。”仿佛亦有此意，此固非如范啸风所谓今之闭户攻八股者所能领会者也。

五　老弗大

查旧日记有一切讲到老弗大，时为光绪己亥（一八九九）十月十六日，其文云：

“午至乌石头墓所，拔老弗大约三四十株。此越中俗名也，即平地木，以其不长故名，高仅二三寸，叶如栗，子鲜红可爱，过冬不凋，乌石极多，他处亦有之。性喜阴，不宜肥，种之墙阴背日处则明岁极茂，或天竹下亦佳，须不见日而有雨露处为妙。”陈淏子著《秘传花镜》卷三《花木类考》中《平地木》一则云：

“平地木高不盈尺，叶似桂深绿色，夏初开粉红细花，结实似南天竹子，至冬大红，子下缀可观。其托根多在瓯兰之傍，虎茨之下，及岩壑幽深处。二三月分栽，乃点缀盆景必需之物也。”越中此草很常见，分栽易茂，北方似无有，唯在日本亦有之，俗名薮柑子，或写汉名紫金牛，为植物学的一科名。杉木唯三著《植物和汉异名辞林》在薮柑子下亦收录平地木一名，而知者盖鲜，日本译《呐喊》序文中有“结子平地木”一语，译注云：“内蒙古克什克腾旗西南的围场称平地松林，平地木殆其地所出产耶。”此则舍近求远，未免徒劳而无功也。

六　天荷叶

《本草纲目》卷二十虎耳草下时珍曰：“虎耳草生阴湿处，人亦栽于石山上，茎高五六寸，有细毛，一茎一叶如荷盖状，人呼为石荷叶，叶大如钱，状似初生小葵叶及虎之耳形，夏开小花淡红色。”《花镜》卷四《藤蔓类考》云：

“虎耳一名石荷叶，俗名金丝草。其叶类荷钱，而有红白丝缭其上，三四月间开小白花。春初栽于花砌石罅，背阴高处，常以河水浇之，则有红丝延蔓遍地，丝末生苗，最易繁茂，但见日失水，便无生理矣。”此节所说最得要领，盖叶上红白丝与红丝延蔓俱是天荷叶的特色，小时候对于此草觉得有兴趣即在此诸点，西湖花隐翁亦注意及此，这是很有意思的事。

七　牌草

《本草纲目》卷二十石韦下时珍曰：“多生阴崖险罅处，其叶长者近尺，阔寸余，柔韧如皮，背有黄毛，亦有金星者，名金星草。叶凌冬不凋。”又金星草下引掌禹锡云：

“喜生背阴石上净处及竹箐中少日色处，或生大木下及背阴古瓦屋上，初出深绿色，叶长一二尺，至深冬背生黄星点子，两两相对，色如金，因得金星之名。”越中所见叶只长一二寸，黄星亦两两相对，因形似骨牌，故得是名，俗传如能收集三十二张成一副，便是神药，可治虚损，服法已记不清，大抵是炖老鸭吃吧。陈伯雨著《金陵物产风土志》中云：“钟山多药材，有骨牌草者，点肖其牌，云能治劳瘵，《本草》所未载也。”即是此草，《本草》中曾载着，但云主治疮毒为异耳。

梁茝林著《浪迹续谈》卷五有《骨牌草》一则云：

“骨牌之戏自宋有之，宣和谱以三牌为率，凡六面，即骰子之变也。近时天九之戏见于明潘之恒《续叶子谱》，云近丛睦好事家变此牌为三十二叶，可执而行，则即今骨牌碰湖之滥觞也。今张氏如园中有骨牌草，春深时丛生各地，草叶狭而长，其叶尾各有点子浮起，略似骨牌之式，天牌及地牌最多，唯虎头略少。余在扬州时即闻有此草，佥言若得三十二叶，点子皆全者，可治血证，而实未曾目见此草，今乃于如园中亲手摘视，未知先有此草而后有骨牌，抑先有骨牌而后生此草，不可得而详矣。”案金星草已见于《嘉祐本草》，又《益部方物略记》中亦载，可知宋时已入药，唯骨牌草之名则当起于近代耳。掌禹锡称其叶长一二尺，宋子京赞亦云长叶丛生，盖是生在阴崖深菁中者，昔在故园所见都在木犀枝间，故颇短小，或是变种也。

八　咸酸草

《本草纲目》卷二十酢浆草下时珍曰：“苗高一二寸，丛生布地，极易繁衍，一枝三叶，一叶两片，至晚自合帖，整整如一。四月开小黄花，结小角，长一二分，内有细子。”苏颂曰：“初生时小儿喜食之。”按此所说均合，小儿摘叶食之，味微酸，故名。小野兰山著《本草纲目启蒙》卷十六引《闽书》，亦云咸酸草，与越中同。

此外本来还有两三种植物要说，今姑从略。上面我所记的只是物名，加了古书稍加注释，表示对于土俗语的兴味之一斑而已，这在方言与民俗学上的意义未曾有所说明。柳田国男在所述《民间传承论》第八章《言语艺术》中有关于动植物俗名的几段话，都说得极好，今摘译其植物名一部分于下：

“鸭头草的方言实在很多，有叫作染坊的老奶奶或染店客人者，这就把新造此语的时代也指示给我们了。染坊职业化了，普及于国内，在足利时代之末，江户前其顷，村人看了这花的蓝色，便去与新近印象很深的染坊联结起来，其定名的时代差不多就可推知了。曼珠沙华（案即石蒜，越中称蟑螂花）也有种种名字，因为在彼岸（案即春秋分前后各三日，共七日称彼岸）时分开花，故称为彼岸花，或远望其形状而定名的，曰狐花，又因触着感觉疼痛而曰烂手，曰保世花，也是好玩的名字。保世留者，四国之方言意去使热辣辣的痛也。又有地方嫌恶此花，称之曰死人花，或则因其开在水边，故取水怪之名曰猿猴花，河童花。（案猿猴借音，即是河童之别名，似溺鬼而系生物云。）这种名字在远隔地方也会相同，或由传闻而沿用者当亦有之，但偶然命名一致者盖亦多有。如称此花为河童花，在各地方多用河童的方言下再着一花字为名。”中国方言亟待调查，声韵转变的研究固然是重要，名物训诂方面也不可闲却，这样才与民俗学有关系，只怕少有人感兴趣。不单是在这时候没有工夫来理会这些事也。

桃子

周作人

植物中间说到桃树，似乎谁都喜欢。第一便记起《诗经》里的“桃之夭夭”，一直到后来滑稽化了，作为逃走的一种说法。《诗经》里原来说，“桃之夭夭，灼灼其华”，又云“其叶蓁蓁”，末了云“有蕡其实”，可见花叶实都说到的，但后来似乎只着重在结的桃子了。

在果子中间，最为人所喜欢的，只有这桃子，我们只看小孩儿和猴子，在图画里都是捧着一个桃子，却不是什么苹果和梨，这就可以知道了。讲到桃子的味道，的确似在百果之上，别的不说，它有特别一种鲜味，是他种果品所没有的。水蜜桃在桃类不算顶好。因为那种甜美还是平常。记得小的时候吃过什么夏白桃，大个白里带红，它特别有一种爽口的鲜甜味，是桃子所特有的，这令我至今不能忘记。还有一种扁形的，乡下叫它做蟠桃，也有特殊的风味。说到蟠桃，不知那种传说是怎么来的，说九千年结实，吃了可以长生不老，但也可见古人对于桃子的重看了。

陶渊明作《桃花源记》，虽说实有其地，历叙年代地方，但后世的人读了，仿佛有一股仙气。他写景色，“忽逢桃花林，夹岸数百步，中无杂树，芳草鲜美，落英缤纷”，特别的出力，也是讲桃花的，盖非偶然。

第二辑

白果树

周建人

上海真是热闹的地方，也许特别在热天的时候，牌声、留声机或无线电的声音，有时更有爆仗声，往往闹得人不能睡觉。这实在是很窘的。有时候，譬如灯下写点东西，看看时候已经十一点钟了，赶紧睡下，想望早点睡熟，以便明天起来好做事情。偏偏这边邻舍的牌声还没有停止，那边又开起留声机来了。逢年逢节还要放爆仗，这自然更其挡不住。而且常常这等声音还没有闹了，卖馄饨的又来了。广东馄饨担是敲竹板的，发出僻僻啪啪尖脆的声音；本地馄饨担是敲竹筒的，发出沉重的钝声。我的故乡也有这样的馄饨担，但是用短木棒敲在竹筒上，声音比较的低些；上海的馄饨担往往用短铁棒来敲，声音也就特别响亮了。有时候刚把思想制止住，正要睡去，接连的被外面闯进来的声浪数次闹醒之后，便会许多时候睡不着。第二天因为睡眠不足，身体觉得不大清爽，就不能好好地做事情了。

近几天来，这等闹人睡眠的声音没有减少，却加添了卖热白果的声音了。白果担子挑来歇下，便发出镬子里炒白果的索朗朗的声音来，卖白果的人一面口中唱道："糯糯热白果，香又香来糯又糯，白果好像鹅蛋大，一个铜板买三颗！"

但是我觉得白果担倒并不怎样吵闹的。因为叫唱的声音并不十分高，而且挑来得早，回去也早。有时候倒觉得叫卖声中带给我们秋天来了的消息，使我知道白果卖了之后，将有檀香橄榄买，荷花已开了，燕子要回到马来、印度等地方去了。

上海秋天虽然各处卖热白果，但是白果树却很少见的。我的故乡有很大的白果树。它又称银杏，有些讲花木的书上又叫它公孙树。意思是说它的成长很慢，阿公种植的白果树，须到孙子手里才开花结子。日本的植物学书上便常用这名称的。它的科学的名字是叫Ginkgo bilopa。它是植物界中的老古董。它的系统直从中生代的侏罗纪传来，到了现在，只剩了它一种了。中国是它的家乡。普通只见它种在庙宇寺院里，有些植物学者疑心现在已没有自生的白果树了，米耶尔（Meyer）虽说浙江山中还有自生的，但是别有些人却不相信他的话。

植物学者虽觉得白果树已渐将衰亡，但是人工种植的却还很多。它很容易种，只要把种子种在泥土里，大约五十天后芽便出来了。它幼时的树形像座塔，后来枝条散开，成了伞状的大树。据说最大的白果树能高到九丈（1丈等于3.3333米，全书同）以上，但普通没有这么大。它的叶子有长柄，叶身很像内地扇炉子用的"火扇"。到了秋季，变成黄颜色，是很好看的。它是落叶树，冬季只剩了枝干。

白果树是雌雄异株的，大约四月间开花。花极简单，没有花萼、花瓣这些东西。雄花只在一条柄上生着些雄蕊，每个雄蕊只生两个花粉囊，雌花只在每条长柄上生着两个裸出的胚珠。因为它的花太不显明了，一般人从不曾看见过，因此便造下一个靠不住的传说，说白果树的花是“大年夜”（阴历除夕）后半夜开的，而且开的时间又极短，只闪三闪，就不见了。这传说先前曾叫一个长塘乡人上过一次当。他是一个求知心很切的人，大年夜的半夜里，跑到近地的一株白果树下等候它开花，足足等了半夜，不见一点动静，这才使他对于那传说发生了疑惑。

但白果树的确是开花的，不过不在冬末，却在春末生叶的时候。胚珠长大起来后，变成一个种子，形状很像杏子，颜色也是黄的，但皮肤很光滑，除去外面的薄皮和肉质，里面包着一层白色坚硬的薄壳，这便是普通所卖的白果。长足的白果，连外边的肉大约只有三厘米大，除去肉质，那核自然更小了。上海担上的白果，似乎特别小，然而卖白果的人偏说“好像鹅蛋大”，未免太夸张；可是比之于有些广告，却要算是老实的了。

我个人呢，虽不爱吃白果，但很爱白果树。它的木材虽不甚坚硬，然而纹理细密，色白微黄，略带丝光，漆上中国的黄漆，颜色极光亮。你只要去问木工，他会告诉你用“银杏板”做书箱之类是很好的。还有，它的叶子上从不见会生虫，因此我想到做“马路树”一定很适宜的。北平的路旁常种着槐树或洋槐，叶上常生一种青色的幼虫，仿佛名叫槐蚕，它有时候吐出丝来，挂在半空里，或者脚下踏成虫酱。上海马路旁种的多是筱悬木，它的掌状的大叶还好看，只是会生一种毛刺虫——雀瓮蛾的幼虫——身上生着刺，如果刺在赤膊的身子上，是很疼痛的。白果树上不生这等虫，叶子又好看。它也是落叶树，夏季生叶很密，可以遮住太阳，冬季叶子脱落了，不致阻碍阳光，和筱悬木等一样。

兰花

周建人

“卖兰花呵？——兰花。兰花要不要？”卖兰花的来了，嘴里这样叫着。他们常常挑着一副“蕈篓担”，手里提着一株兰花。冬末春初的时候，向各个巷子里去叫着卖。他们大都是绍兴人。兰花是绍兴的山上掘来的。他们不卖兰花的时候，卖团笋，卖笋干，也都用蕈篓装着。

兰花很香，花的样子也很特别，爱好它的人时常买几株来种在盆子里，放在屋内等待它开花。本地（绍兴）种兰花的人家很多，便是种田的人家也常常种几株，如果没有花盆，便种在破旧的“淘筐”里。茶坊或酒肆里，常用绿色的瓦盆来种了，供在柜台上，当作一种装饰。

本地栽种的和上海叫卖的兰花，普通分为两种，一种是一枝花干上只开一朵花（有种会开两朵，但很少见），开花的时期普通在初春，所以又叫春兰；又一种是一枝花干上开花七八朵到十余朵不等，开花的时期在初夏，所以又称夏兰，或者叫它九节兰或蕙兰。

这二种兰花的全体形状都和比较阔气的人家栽种的建兰很有点相像。它们都生带形的叶子，胖而粗的根支。但叶子不像建兰的光滑。春兰和蕙兰比较起来，前一种普通叶子较小、较短、较柔；蕙兰的叶子较长、较刚。称为“新塘花”的一种蕙兰，叶子特别长大，根也特别粗。春兰和蕙兰仔细分别起来，应当可分为许多“基本种”，但现在缺乏人做这种工作。据我幼时采集植物的经验说，春兰在低小的浅山上便可采到，蕙兰却生在更高更深的山中。

一般人的爱好兰花，多半为了它的花形特别而且香。如果从植物学上看起来，它还有许多可供研究的特点：第一，普通植物有很长的茎，它的茎短小到几乎看不见，好像一股（也称一筒）一股的叶都从根上发生。除非数年之后，叶老死而脱落了，每股叶下留下一个小茇头（种兰花的称为后龙头），可以看出含着不显著的茎。它生新叶的方法是：从茇头旁先生白玉似的芽，生长起来，便发育为一股叶。

它的根，生得比叶和茎更特别，你如果用刺刀切下一薄片，放在显微镜下面来看时，当见根内的细胞里生着细的一条条的东西。研究植物学的人会告诉你，这不是兰花根内固有的构造，却是一种霉菌，——和称为根菌（Rhizoctonia）相似的霉菌。许多植物的根外或根内生着这样或那样的菌类，这样生活着，彼此都有利益，因此称为“共生”。兰花便是和霉菌共生的。

兰的花，的确很特别，它虽和许多别种单子叶植物相似，有六个瓣，分作内外两圈——每圈三瓣，但是详细的构造是很不同的。外三瓣的形状差不多，内三瓣的上方两瓣（花开大后）形状也相似，称为“捧”，下方的一瓣却很阔大，向下卷转，称为“舌”。普通的兰花，舌带白色，上面有红点。——春兰的舌上有一点或几点大的红点，蕙兰的舌上有细小的红点散布着，这样的兰花，俗称为“荤的”，有些兰花，舌上没有红点子，便称为“素兰”。梅花有红梅和白梅，荷花也有红荷和白荷，田中的草子（书上称紫云英）偶然也有开白花的，这种开白花的植物，植物学上称为“素种”，兰花也有素种，只是比较地少见，所以也比较地名贵了。

普通的兰花，花瓣大都狭而且薄，形状也不大整齐的。但是有些兰花的花瓣特别阔大、厚实，这样的兰花称为“荷瓣”。又有些兰花外三瓣很厚实，中间的一对捧更厚，尖端圆形而且向内面兜进，这样的兰花称为“水仙”。又有些比“水仙”更厚实紧凑的，称为“梅瓣”。这等兰花统称为“奇种”，山里不容易掘得到的。在春兰里，更有素水仙或素梅瓣，但在蕙兰里，素梅瓣和素水仙是极少极少的。

普通的花中，瓣的里面都生着雌蕊和雄蕊，兰花的雌蕊和雄蕊呢？它生得非常特别，要是不费点工夫，竟会不容易寻着。你只要拨开两瓣捧，当见中间上方有一个短柱形的东西，种兰花的书籍上称为“鼻”，鼻的顶部生着黄色块状的花粉块，顶部下方有些凹入的地方，就是承受花粉的柱头，兰花的雌蕊和雄蕊是这样地结合在一起的。花开后，花瓣干枯脱落，倘若在适当的时期，花粉块粘在柱头上，它便会结实。这时候，花瓣下方的一部分柄子渐渐胀大，结成一个长形绿色的果实。这种果实植物学上称为蒴，俗称为“兰荪”。经过一个时期，果实老了，变为黑褐色而且裂开，散出极轻小的种子。这时候，花的工作就完了。

延藤的植物三种

周建人

今年种了三种“延藤的”植物：牵牛、南瓜、天荔枝。牵牛和南瓜是我们的老朋友，前若干年夏季常常遇见的。农村里多数人家的屋前或屋后，可以看到南瓜棚，棚下挂着壶瓶形的或扁圆的南瓜。城市里的菜园中也常常有种的，南瓜放汤是夏天的家常便菜；秋天还吃乌豇豆煮老南瓜。牵牛自生在各处墙边或篱笆旁，早晨起来便看见它开了紫蓝色的喇叭形的花，真美丽。即使不香，并不觉得有缺陷。只可惜经不起烈日的照晒，不多久便干萎了。大概因为太常见了的缘故吧，这样的好花从不见像上海一般的有人栽种，真可惜。

天荔枝在故乡，栽培的较少，野生的也没有。它的淡黄色的小形花并不美观，果实一般只供小孩玩要。果实老熟时是黄赤色，形状略像荔枝但较大，生着许多癞蛤蟆的背上一般的突起。它的种子外面包着一层瓤，色赤，微甜，但是味道并不怎样好。因此农人和园丁都不看重它，不过随便种几株，摘下果实卖给小孩玩。

这三种植物都是延藤的植物。延藤是我们的土话，改为藤本植物容易明白一点。也许牵牛的茎可以称为藤，南瓜和天荔枝的茎可以称为蔓。但这两个名称时常混用的。在普通的植物学书上，广义地讲，都称为攀缘植物的；狭义地说，南瓜和天荔枝是攀缘植物，牵牛是缠绕植物呢！

先说缠绕的牵牛吧。牵牛的苗稍稍长大后便要缠绕了。苗头先在空中四向盼望，看看有什么支持物似的。它在空中画着弧形，又好像捉迷藏的小孩蒙着眼睛伸手向四处摸，如果摸着一枝支持物，它的苗头便把它缠住了。缠绕的方向和时针移动的方向相反，更明白地说，它不顺着东南西北转，却向东北西南转的。

南瓜和天荔枝的茎是不会缠绕的，只有卷头会缠绕；它们的卷头比方是人的手，那么它们升上一根支持物时很像人溜绳索时用手向上攀。它们的卷头却从叶腋生出来，但南瓜的卷头分三叉，天荔枝的不分叉。它们的卷头也是先在空中画弧形，触着支持物时很快地握住了。它们先把支持物一转转地缠住，然后卷头的下一截，即不触着支持物的一截，也旋曲，好像人拿东西时先用手握住，然后把手臂弯曲，东西便在前面了。不过南瓜和天荔枝的卷头旋曲时，不是把支持物拿近来，却把自己的身子靠拢去。

各种事情都是这样的，你如不去注意它是不觉得什么，如果注意观察它，是很有意思的。南瓜和天荔枝的卷头，下截向和时针移动相反的方向旋，缠住支持物的一截和时针同方向旋。有时候最上的一段又和时针相反。但是间或也有下截和时针的方向相同，上截相反，最上截又和时针的方向相同的。上截和下截旋转相反的理由，我们可以这样来解释：比方一根绳，两端都系在固定的东西上时，一截向这边旋，另一截向另一边旋，可以不致把绳弄坏或弄断。但是为什么多数卷头下截向反时针的方向旋，有些却顺时针的方向旋呢？也许和卷头触着支持物时的距离有关系的，但是此刻我还未详细知道。

如果再仔细观察，立刻可以看出天荔枝的攀缘技术比南瓜高得多。大荔枝的茎如果一遇着一条支持物，譬如一根绳，它便能一步步地攀上去，它的卷头极少落空的。南瓜的茎却不然，它今天攀在这一支持物上，明天新卷头却伸向别处去了，好像要攀到别处去。如果要它从一条直垂的绳上升，是很艰难的。它的性质分明告诉我们：它不是专门的溜绳索者，叫它爬行斜坡这样的地方倒是很适宜。它张开爪一般的卷头，爬过草丛，遇到小树丛时必定也能够爬过。

现在这三种当中，只有天荔枝已经开花了。它也如别种瓜类一般，最先开是“淡花”（雄花），此后开雌花及淡花。淡花花瓣较大，雌花的较小。花瓣彼此分离，不像有些瓜类的连合着。南瓜至今还不开花，牵牛也不开。它的大的叶子却大到直径二十厘米，横径约二十一厘米，好像要和南瓜叶比赛大小的模样。也许不应该加了一点肥田粉，因此叶子长得特别大，花反不开了，或者延迟了。

漫谈观察植物

周建人

鲁迅青年时代很喜欢栽培植物。他栽培的不是名贵的植物，只是很普通的或者野生的植物。他曾栽培过映山红，又栽培老勿大。它是一种极低的灌木，只有数寸长，自生在浅山树下的，也叫平地木。他不是玩赏名贵的花卉，主要是爱好植物。后来他一直爱好自然科学，曾经做过生理学及有机化学教员；做过博物教员，教矿物、动物及植物。但如果有人问他学习什么自然科学好，他会告诉你说学植物学好。对我也这样说过。原因是，据他说，因为植物各处都有，容易找到，容易观察。这是的确的，研究植物不需要像研究物理与化学那么多的仪器；采集与制标本上，比它的兄弟科学动物学也省事得多。

植物也像动物一样，有整年活动的，有冬天冬眠的，也有留种子过冬的。

冬天活动的植物种类很不少。松柏是长青的植物，一般称为常绿树。但冬天枝叶不伸长，好像在打瞌睡。落叶的树木，或如芦苇，地上部分枯掉，留地下部分过冬的植物，显然冬眠的。别有许多植物的确分明在活动：例如腊梅，便是冬天开花的。再过一些时候，梅花也开了。此外还有茶花、水仙、迎春等也差不多在这时候开花。不过这些植物常常栽培在屋内，如果在野外，可能要迟些。它们既然会开花，分明在活动。可是它们的生活状态又各不相同。腊梅是冬天落叶的，黄色的小形花像蜜蜡做成似的，缀在看去很苍老的枝上。茶花生着革质、光亮的大叶子，雪下也依然鲜绿。它的花很大，普通是大红色或粉红色，与碧绿的叶子相辉映。水仙生着肥厚柔嫩，带形绿色的叶子，白色的花瓣中央突起一个杯形的副花冠。只是我见到的几株水仙的鳞茎，见于南方的与北方的不同，南方的鳞茎一排数个连合为一，抽着一排三或四股的茎叶。见于北方的，鳞茎是单个的，外包黑色带褐的外皮。茎叶只抽一股或两股，花形却相似。梅花与迎春开花时候都是落叶的。迎春的花鲜黄色，缀在深绿色的嫩枝上。梅花有红有白，嫩枝有带红紫与带青色的不同。

稍微迟一点，望春、春兰也相继开放了。

植物的花是人民大众所注意的对象，过去的市上或村中，小姑娘唱着“十二月花名”，月份本按照阴历，与阳历当然不大相符合。十二月花名是：

正月茶花。二月杏花。

三月桃花。四月蔷薇花。

五月石榴花。六月荷花。

七月凤仙花。八月桂花。

九月菊花。十月芙蓉花。

十一月荔枝花。十二月腊梅花。

但是说十一月荔枝花，不如说十一月枇杷花好。俗语说：“枇杷开过年，还被樱桃赴上先”，它的特性是被人知道得很清楚的。

人民的注意花，不但要看它，而且常吃花，萱花的花北方拿鲜的煮吃，叫做黄花菜。南方拿干的煮吃，叫做金针菜。花菜的花也是普通的食品。荷花及玉兰花的花瓣，拖了面粉油里炸了吃。玫瑰花、茉莉花、桂花、菊花拌在茶叶里泡汁吃，还有别种吃法哩。

一般开花的植物，花谢后，便结果实。少数果实供人玩，如佛手、木瓜、北瓜等都是的。多数果实供人吃。吃的部分或者是胚，如各种豆、花生、杏仁、胡桃等。或者是胚乳，如大米、小麦等。桃子、李子，吃的是果实的外层的肉。西瓜或橘子，吃的却是内层的肉。石榴与天荔枝，吃的是包在种子外面的肉。桂圆与荔枝，吃的是假种皮。

春天天气和暖一些时，植物的活动更显著了。它们的芽长大起来，生出叶与茎，植物体很快地或慢慢地长大。地上部分生茎出叶，地下部分也在生出新根与新的根毛。这时候，又进行食物的制造，及制造构成体质的材料。植物体于是长大起来了。

前面已经讲到，不同的植物有不同的根。最显著的不同，有些植物，例如大豆、豌豆，有一支较粗壮的根叫主根，经主根生出许多支根；另有些植物，像小麦或稻，很像一根胡须，粗细长短差不大多，这样的根叫做须根。植物教科书上常常说起，出芽时有两片子叶的植物，根有主根、支根的分别；只有一片子叶的植物，是生须根的。

我们研究植物，必须与植物接触，是没有疑问的，如果不接触植物，植物学便学不好。但是也不能不读植物学书。我们必须从书本上去获得前辈学得的知识。如果一切植物学知识都须自己向自然界中去学得，是不容易的，不可能积得很多的。然则读什么书呢？比方读初级中学的植物学课本罢，就可得到很多的知识。在那本书的每章里，都能看到关于植物学上有用的说明。在讲栽培植物的一章里，讲到玉蜀黍，即苞米又称玉粟的幼苗，先生出直根，并生出许多侧根，就是有主根、支根的那一种根。第二步，再从茎的下端生出须根。还有黍即糜子也有这种情形，第一次生出直根，第二次生出须根。教科书上称为第一期根与第二期根。从这等情形里可以推想：这等植物的祖先可能不是生须根的，是生分主根与支根的那一种根的。那就是说，它们虽然是单子叶植物，但是祖先是生像双子叶植物的根的。再进一步说，它们的祖先可能是双子叶植物，换一句话，也就是说单子叶植物可能是从双子叶植物进化过来的。的确，小麦初生根时，只有一支根，便是主根，不过不发达，不久旁边连续生出根来，便成为须根了。黑麦也有相似的情形。自然科学上眼睛直接看不到的道理，可以这样去推论，如果可靠的例证愈多，那推论便愈加可靠了。单子叶植物看起来比双子叶植物简单，但从上面所说的那种情形看来，又像单子叶植物是从双子叶植物变来的，所以有的植物学书把单子叶植物排列在前，有的把双子叶植物排列在前。

无论从观察实物得来的知识，或者从书上读来的知识，或者从推论得来的知识，只要是正确的，都是有用的知识，把它用到生产上去，即成为力量。知识并不是装饰品，或玩物与游戏，或可有可无的东西。它是十分有用的，用在工作上，解决问题上，立刻能显示出力量来的。

田野的杂草

周建人

一　引言

我们四周的土地上，从春天到夏天，看去总是一片绿色，因为泥土上面有草木生着，草木密密地长着绿叶。这些绿叶中间有时开着红花，有时开着白色或他种颜色的花。花谢后，还会结下各种不同的果实来。

这等野生的草木很有用处。许多种草木的叶、梗（又称茎）、根、果实或花，是可以吃的。多数树木的木材有用。供吃的部分多数是果实。也有叶可吃的，例如香椿。嫩芽可吃的，例如笋。也有梗内柔软部分可以取出来制小粉，拿来供吃的，例如印度的莎木，拿出来的小粉做成细颗粒，叫做西米，供做点心用。还有可以做糖的。

草本植物很多种类可供吃。有些种类可供纺纱织布之用。不少种类虽含有毒质，但可医病。茅草等青草，煤炭缺少的地方可供燃烧，还有一种大用处是饲牛羊及骡马等动物。人吃牛肉、羊肉，这些肉是用草做成的。

树木这里不讲，预备在别一本书里来讲。这里单讲几种草本植物。

草本植物的种类是很多的。有些已经栽培起来，专供各项的用途，如供吃，供纺纱、打绳，及供医病之用。豆叶等供吃的叫做菜蔬，供纺纱、打绳的是纤维植物，供医病的叫药用植物。还有些植物，花特别好看，培养起来供看花之用，就叫观赏植物（观赏植物也有看叶或梗的）。

杂草是不排在以上各种门类里的草本植物。它们自己生在田边、路旁、山上或草地上的。但是说“不排在以上各种门类里”这句话是不精密的。有几种生在野坂上的植物也供食用，如马兰头、荠菜等。刺苋、豆板苋，贫苦人常吃的。还有多种植物，平时不吃，但荒年也吃。所以古人常把阔叶片的可供吃的野生植物从野草里分出来，叫它们野菜；花开来美丽的叫做野花。还有许多植物，虽然不加栽培，自己生在野坂里，却是可以做药的。这本小书里不能分别得这么严格。这里所讲的杂草，除青草一类外，还包括阔叶的野菜，及花相当美丽的野花，或者更有可以医病的药草。总之，是拿自生在田边、路旁、河畔等处，平时看作不大有用处的草类来讲，使读者对于那些草认识得更明白些。有些野草是大家认识的，不过经过一番讲解与研究，认识得格外清楚了，可能会从无用的杂草里找出有用的性质来呢。

二　春季常见的杂草

小青草

小青草是春天生长起来的野草，路旁等处普通都有。颜色嫩绿色，叶与梗都很光滑，不像茅草那样生毛的。如果泥土很松，很容易把它拔起来。它的根与菜根及普通树根不同。菜根及普通树根，中间的一根粗些，旁边生着细根；青草的根是差不多长短的，生作一丛。这一类的植物，根都是这样生法，如稻、麦的根都是这样的。

再看根上的苗叶，是分作一股一股的。每一股，生着几片狭狭的、嫩绿色的叶子。叶子中央有一条明显的筋（叫做叶脉），旁有不明显的细脉。再看下去，叶片有柄，但柄是扁的，包在别的叶柄外面，像刀剑的套子；这套子叫鞘，所以这宗叶柄常常叫做叶鞘。叶片与叶柄连接处，内方有一个小突起，叫做“舌”；它有阻止雨水流进鞘里去的用处。把叶鞘剥下去，它的基脚生在梗的一圈突起，即节上。节上还能生出枝来，枝上也一样有叶生着。梢上生出新叶。

这种青草，发生很早，且很嫩。春天孵出小鸡来的时候，常常拿它喂小鸡的。

经过一个时期，新叶中心抽出蓓蕾，这就是未开放的花。再经过一个时期，花开了。花带白色，很细小。普通的花有花瓣与花萼，萼呈绿色，花瓣常有美丽的颜色。花瓣里面是花丝。花丝顶上有花粉囊（普通呈黄色），叫做雄蕊。中央有雌蕊。雌蕊下截胀大的部分叫子房，上面细长的部分叫花柱，顶端叫柱头。但是小青草的花没有花萼与花瓣的分别，一朵花只有两片东西，叫做壳。壳里面有三个雄蕊，一个雌蕊。雄蕊的花丝很细，花粉囊细长，近腰部的地方着生在花丝顶上。雌蕊的柱头分作两条，每条像鸟的羽毛样分出许多细枝。我们看了小青草的花，再看稻的花，小麦的花，便知道很相像的。小麦的花，也有雄蕊三个；但是稻花却有雄蕊六个。

像小青草的草本植物，种类不少。它们的根都是像胡须样的；便大都中空，有节；叶子大都狭长；花都细小，有两片壳，里面有三个或六个雄蕊，中央一个雌蕊，柱头像羽毛状的。

附带讲到稻花

在农村里，稻花是常常看到的。稻苗长大后，到开花的时候，晴天将近中午，两片壳放开，露出花蕊，中午又闭拢了。这时期叫“晾花信”。花开时，雄蕊露在外面，花粉囊里有花粉放出来，微风吹过，把它们吹到雌蕊的柱头上。雌蕊也露出的，它的分裂像羽毛的柱头，很容易把花粉拉住，花粉里便有些物质走进雌蕊的子房里，子房里的东西发育起来，变成米粒。这叫“做胎”。如果晾花时天气不好，不能把花粉吹送到别朵花的雌蕊上，胎便做不好，将来谷是批的（小麦的花大约清晨四点钟时开，约一刻钟就闭，故俗说它夜里开花。如天气寒冷潮湿，小麦不开花也会结实）。小青草的花也在晴天开。

花开后结成细子，种子散落后草苗就枯死了。稻麦也是如此。

地茅

地茅，在书上称白茅，也是田野间普通的野草，与小青草为一类。它是多年生的，但地上部分每年枯死，只生活几个月。它有梗（即茎），生在地下，一节节的，外面包着薄箨。剥去薄箨，里面白色，嚼起来有甜味，俗称“地甘蔗”。它不是根，却是梗。地下的梗有薄箨即苞叶包着，根却没有苞叶，可以分别。梗的节上生出根，分散在泥土中。

地茅很早便抽芽到地面上，叶子不像小青草的柔滑。如果小心拔起来，有几个叶片，卷着成一股；剥开来，中间有一支淡绿色的软针，是将来的花穗，叫做“茅针”，小孩常拿来吃。如果让它生着，不拔掉它，那茅针后来长起来，每朵小花有一丛白色细毛，三个雄蕊与白毛差不多长。许多小花集起来，像一条猫尾，端尖形。花后结实，叶子也就枯萎。小青草是连根枯死的；地茅只地上部分枯死，留地下部分即地下的梗及根过冬。地上的叶及梗每年枯死的多年生植物，叫做宿根多年生。但像吉祥草、万年青、蝴蝶花这等多年生草本植物，是地上部分，即叶子，也整年常绿，冬季不枯萎的。还有竹与各种树木，能生活许多年代，当然也是多年生的。不过多年生的树木，性质各有不同，普通能开许多次花。如桃树、李树等，长大后，今年开了花，明年、后年仍然能再开，直到后来衰老枯死。竹却不同了。多种的竹，全林像是一株，地上虽有许多竿，地下的马鞭是相连的；到一定时期，几十年后，全林开花，全林枯死。因此植物学上起的名称，叫一生只开花一次的草木为“一次花植物”，一生开多次花的叫“多次花植物”。

小鸡草

小鸡草也是早春的植物，但它的形状与小青草十分不同。它的叶子扁而阔，前端尖，后端多数有一叶柄，两片叶子对生在梗上，叶柄不抱住梗子。那细软的梗，一部分卧倒在地上。叶子与梗也呈嫩绿色。叶子中央也有一条叶脉，突起，很明显，两侧分出细的不大显明的侧脉。

我们在小青草与小鸡草里，已经看到两种不同的叶子。小青草的叶子是狭长的，这类叶子，如稻、麦、狗尾草、促织草等都相像，叶脉是一条条的并行的；小鸡草的叶子扁阔，苋菜、牛膝草等叶子与它相像，中央的一条叶脉很粗，两侧细叶脉从中央的一条斜生出来的。这类植物的根也与小青草不同，常常中间的一条粗而长，细根从这条中央的粗根分出。不过，如看已长大的小鸡草，这一点不大分明，看苋菜等便清楚些。

附带讲植物的叶子

植物的叶子，形状多极了，有些是很特别的。有的如带，如河中苦草的叶；有的如针，如松叶；有的如撕破的芭蕉扇，如棕榈叶；有的如伞，如荷叶。最特别的，如葱的叶，它中空如管子，所以普通叫它葱管。洋葱的叶也成管状。这种管状叶没有明显的中脉。有些管状叶朝里面，即朝梗的一面，有一处稍薄，好像由扁平叶向里卷拢而成的。

更奇怪的，有些叶会捉虫。有一回我在绍兴菱芽山上看到一种小草，名叫茅膏菜。叶形像半边月亮，边缘及上面有粗软毛，能分泌出黏液，倘若有小虫如苍蝇等停立叶上，那毛便向里面卷，把虫捉住。虫体慢慢地被消化、吸收，后来只剩下翅膀等无用的东西，叶又摊开了。还有猪笼草，叶柄的尖端生成一种瓶子样的东西，里面盛有液体，如有小虫跌进去，便溺死，身体溶解，便被瓶子的壁吸收了去。广东便产生这种植物的。

小鸡草长大后，也会开花。不是植物都会开花，香菇、木耳、凤尾草及牌草就不会开花。小鸡草却是会开花的植物，但花与小青草的花不相同。它的花外面有五片绿色的萼，萼内是五瓣白色的花瓣，每瓣中央凹进，像分裂为两片的样子。花瓣内有五个雄蕊；中央有一个雌蕊，花柱分裂成三条。

还有一种，形状很像，但叶稍大，略尖，绿色深些。花也相像，不过雌蕊上部分裂成五条，不是三条。这两种常常混生在一处。它们很早就开花，结子后不久就枯死。这两种植物常供饲小鸡之用。

蒲公英

蒲公英是很常见的植物，生在草丛里或路旁等处。它的形状一看与前三种大不相同。它在地上没有梗。如生在比较开旷之处，叶子贴近地面，摊开如盘；如生在草丛中，它的叶子便向上立起来，叶也比较长。如果用锄把它掘起来，它有一条粗而长的根，周围分出细根。与小青草、小鸡草比较，形状也不同，它的梗非常短，叶生得很密紧。最近根处的叶最老。老叶的下面，还有上年生过叶的疤痕；可见蒲公英是多年生植物，不是一年生植物。

蒲公英也是春天开花的。从叶中间抽出花梗，上有蓓蕾。它在太阳下面开放，花黄色（也有白花的）。花的下面，有像萼片的苞片，叫总苞，内有花瓣形的东西。如果拿小钳子把它（花）分开来，每个像花瓣的一片，里面有细小的雄蕊及雌蕊；可知像花瓣的一片，不是一片花瓣，它连下面连住的子房，是一朵花。我们从这可以知道花有单生的，如小鸡草的花；有集合许多小花成一朵的，像蒲公英的花。这等杂合的花叫做头状花。

花开过后，花瓣脱落了；小花下的子房上头伸长一簇伞形的白毛，它是萼的变形物。整个头状花成一个白色球形，很像竹耳挖另一端用鹅毛做的毷氉（拂刷耳孔用），所以有些地方又叫蒲公英为毷氉草。倘有一阵风吹过来，上面生一簇毛的小果实乘风飞去，慢慢地降落在远处的地面上。

三　野草的生命

前面已经说过，有些野草是从种子散落泥土上，出芽，长大，到开花，结子，枯死，只有一年的生命。这等植物，在植物学上叫“一年生植物”。一年生植物通常从春天起一直活到秋天，也有从今年秋冬到明年春天的。有的植物只活短短的几个月。有些地方的屋瓦上有瓦溜草，春天在瓦上芽生，生出胖胖的多肉质的叶子。春天多雨，不愁干燥。俗语说：“瓦溜草黄，胡瓜旺”，胡瓜可吃时，它就开黄色五瓣小花；很快地结子，很快地散落，枯死。夏季的干旱时期没有到来时，它已早死去了，只留细小的子在瓦溜里，明年春天再芽生。小鸡草的生命也短。这等生命特别短促的植物，植物学上称为“暂生植物”。

有些一年生植物是跨过冬天的（前面已说及），例如栽培植物中的罗汉豆（蚕豆）、小麦（在北方春季下种）是冬季下种，第二年开花结实的。这些植物旧称两年生，实际上是一年生。真正的两年生是这样的：今年冬季生长起来，根里，或梗及根连合的部分（如萝卜便是，上截是梗，下截是根），贮藏滋养物，过年时候，叶的增加停顿（也有枯萎的），留贮藏食物的地下部分过冬；第二年春天，从地下部分抽梗，或从叶的中心抽梗，开花结子，然后全株枯死。两年生植物，是第一年贮积养料，过年时生长停滞，第二年消耗养料，很快抽梗生叶，开花结子，然后连根枯死的植物。

随后讲到“多年生植物”。前面说过，多年生的草有常绿的与宿根的两种：常绿的，如菖蒲、吉祥草等，叶子冬天不凋，整年青绿的。宿根的，如前面讲到的地茅；此外如宁麻、五爪金龙、何首乌也是的。

讲讲植物生态——地下茎与根

宿根的多年生，留在地下的梗或根能生活许多年代。这种植物的梗，有的生活在泥土下，不是都生活在地上的，正像根的不一定生在土中，也有生在空气中的。地茅的地下梗，普通叫“地下茎”，形状细长有节，嫩时节上生鳞片，根上不生鳞片，所以容易分别。地下茎的形状不一定呈条形，它会呈块形，或者球形，例如洋山芋（即马铃薯）是块形的，荸荠是球形的。

何首乌是蓼一类的植物，但它的茎是藤，缠绕而上。秋后藤枯死，地下留有大形的块根，形状像番薯（番薯也是块根）。俗传何首乌的块根年久能成人形，吃了长生不老，这是迷信的话，完全靠不住。

宿根的多年生草本植物，从种子芽生的第一二年，与二年生植物相像；以后不同了，它们的地下部分能长久存在，每年从地下部分抽出枝叶。当初是从地下部分取用养料，随后，在暖热的夏季里，由绿叶及绿色的枝造成食料，供开花结子之用，并将一部分食料藏到地下部分里去，供明年发生新芽之用。

有些多年生的蓿根草，生活的历史是很复杂的。例如，有种车前叶山慈姑，初夏时种子散在泥土上。第二年生幼苗，梗的基部生一条细梗，顶端生一个小形的球茎，地上部分秋天枯掉，留这茎在土中过冬。第三、第四、第五年，每年球茎上生一片叶，叶生得比前大些，球茎长大些，或生出几核细梗，各枝顶端生出一个球茎。冬天，叶与原来的球茎枯死，留新球茎过冬。新球茎愈生愈大，埋土中也愈深（因为每年生的球茎是斜向下方生长的）。到第六或第七年，新球茎中已贮足了养料，遂生叶两片，开花结子。这种植物，从种子芽生出来的植物，须第六年或第七年才能开花。

荷花是会开花结子的，叫做莲子。但一般不用莲子来种，用藕来种植。藕是荷花的地下茎，这是大家都知道的。荷花的地下茎初生时不这样粗。藕种在水下污泥中后，抽叶，抽地下茎。它的地下茎不是都像藕这样粗；普通的地下茎实在细得多。绍兴有一句老话，“梅酸，藕烂，蔗空心”，梅子可吃时，种下的藕渐渐腐烂，但留下细长的地下茎。

细的地下茎到了夏季，顶端能生出较粗的芽，且长上去再粗起来，于是又生成藕。诸位请看看“藕梢头”，不是较细吗？这一端便是连接细的地下茎的一端。前端是尖尖像嘴的，俗叫“鹦哥头”。藕是地下茎中特别粗大的一段，贮藏着很多养料，供明年出芽生叶之用。所以藕很像上面讲的有种车前叶山慈姑及荸荠的球茎，有繁殖作用的。至于种荷花的为什么用藕来种，不用莲子来种呢？道理是很明显的。莲子下种后，抽出来的叶子只有像铜钱那么大，地下茎很细。须一年一年地经过好几年，才有粗的地下茎，才能生出大叶，才会开花。用种子下种，长大起来很慢，所以一般都用藕来种的。可见荷花有两种繁殖法：用种子来繁殖与用藕来繁殖。

荷花的生活史是很特别的。荸荠、茨菰用球茎来繁殖。百合的叶腋里能生出珠形的带紫花的肥胖的芽，叫做珠芽，落地能生成小植物。茨药（山药）的叶腋间能生不规则形的灰黄色的块，也是块茎的一种，也可作繁殖之用；这两种东西，人都拿来供食用。荷花的藕性质相像，也是作繁殖用的。百合能用一个芽繁殖，茨药能用一小块茎来繁殖，荷花用一条肥大的茎来繁殖。

还有，多种宿根的多年生草本植物，与万年青等常绿的多年生草本植物及木本植物有一点很不同。常绿的草本植物及木本植物能生活许多年。叶子（如万年青）总是生在那一个短茎上，枝叶（木本植物）也总是生在那一株树木的干上的。但许多种宿根草本植物会在土中变换位置。例如今年的藕过冬，明年生较细的根茎，老藕烂掉，然后新生的根茎上另生新藕，又留在泥土中过冬。后面的即原来的根茎也常常在烂掉。这种地下茎，是新的生长起来，旧的死去，地位一迳在变换的。它的地下茎好像一株树横生着，枝条向前伸长过去，后面的干却逐段地枯死了。

四　夏季常见的杂草

夏季是野草最盛的时节。这时候，多数已开花结子，我应当举出几种来——野草种类很多，说不胜说，这里只举出比较引人注意的。

五爪金龙

我首先举出五爪金龙，它是夏季里繁茂的杂草，很常见。乡间小孩如生疖，常拿五爪金龙的叶片，略略捣损贴在疖上（野田菜即车前的叶也贴）。它是多年生的草本藤蔓，春季生苗，呈红紫色。叶由五片小叶构成。叶柄对面茎上生出卷须，能卷住支持物上升。夏天，叶腋生小花，有花瓣四片，黄绿色，很容易脱落。瓣内雄蕊四个，雌蕊一个。生雌雄蕊之处平坦，称为花盘，黄红色。许多小花聚生成一片，上面平坦，花都朝上方。它是与葡萄同类的植物，花后结黑色圆形小浆果，但不能吃。

攀缘植物

现在方才讲到延藤的植物。延藤的植物有生卷须，用卷须卷缠他物上升的；也有茎能缠绕，用以缠绕他物上升的。

用卷须攀住他物的植物很多，如胡瓜、南瓜等都是的。绍兴有野栝楼，叶呈心脏形；花黄色，五瓣，呈罄形；果实圆形，如桂圆大，熟时朱红色；茎叶果实都很粗糙。它也有卷须，攀缘他物上升。

有些植物，如栽培的观赏植物旱莲（即金莲花），叶柄能卷住他物。豌豆的卷须生在羽状复叶的尖端，是顶头的小叶片所化。

有些爬在墙壁上的属于蛇葡萄一属的植物，也有卷须样子的东西生着。不过卷须的尖端是尖的，它们尖端当初却是圆球形，后来变成小碟子形，样子很像树蛙的趾端的吸盘，粘着墙上，很牢固。但是有种同属的植物，那种像卷须形的东西，其尖端当初并非一个圆圆的东西，而是尖形，但如果触到硬的墙壁，就变形成一个吸盘，牢牢地粘着墙壁上。

牵牛花

夏天早上常见的杂草，有能开美丽的花的，例如牵牛花。它也是延藤的植物，但它没有卷须，不用卷须攀缘，是用茎缠绕的。它是一年生植物，春天从种子芽生。茎细而长，苗到有些长时，苗头不是笔直地长上去，而是向上打回旋。如果近旁有支持物，如竹竿之类，触着，便缠住了，以后一转一转地缠上去。夏天正热的时候，它开花了。早上起来，它正开着，花瓣五瓣联合，像喇叭，普通呈蓝紫色，底部白色；遇太阳晒着不久就凋萎了。

花中有五个雄蕊与一个雌蕊。花后结一个圆形微扁的果实，顶有一个尖突，老后裂开，散出种子。这时候藤早已枯萎了。

豆板苋

我们从延藤的一年生讲到低小的一年生。常见的有豆板苋，书上称它马齿苋。它的干与叶都肥厚，多肉与汁，带点红紫色。叶对生，胖胖的有点像蚕豆的豆板，故有豆板苋的名称。它分枝很多，如生在比较宽旷的地方，枝条多少偃卧地上。夏天早上开黄色如脑质的小花，五瓣；雄蕊十五个，细小；中央雌蕊一个，柱头裂为五叉。果实老熟后，不像牵牛花的果实的直裂开，它是横裂开的：果实上半像盒子盖样裂开，散出细小的种子。

闭花

讲到豆板苋，必须把它的花附带说一说。它的花有时候发育不完全，不开放，但也能结子。它的花外本有对生的船底形的两片苞片，不发育完全的花，两片苞片紧闭不开，如果剥开来看，里面没有发育的花瓣，只有黄色的黏的酱一样的物质盖在雌蕊上。子房大了起来，结成果实，后来裂开散出细子。极像在生活条件较良好的时候，常开完全的花；不良好的时候，会生这种闭住的花。我在上海的寓所里，晒台上有几个荒废的花盆，生起豆板苋来了。头几年是照常开花的，后来生出闭花。而且开花愈多，正常的花只寥寥几朵了。生闭花本来并不稀奇，如开唇形花的佛座，早春的花是闭拢的，到天气渐暖，才开正常的花。堇菜一类的植物也常常生闭花。

蓼花

蓼的种类很多，有些种俗称辣蓼。田野、河边都有生着，往往初夏便开花。它种类虽多，形状却往往相像，叶子常呈枪头形。托叶包干，成鞘状。植物体光滑，或有毛。有的叶上有紫黑色斑，有的没有这种斑。

开花时，花虽小，但相当好看；看去常呈淡红色。只有一层花被，美丽呈花瓣的形状，五片；内有比花瓣多的雄蕊及一个雌蕊。它的果实通常为三角形。供食用的荞麦粉，便是与蓼同类的植物的果实的粉。荞麦的果实有三棱，花常呈白颜色。

讲到蓼类植物，顺便把何首乌说一说。它是有名的植物，是多年生的，在地下有番薯形的块根。春天从地下部分抽苗，茎细，能缠绕。花细小，白色。花期较迟，常在秋季开放。何首乌的块根，中医当药用。旧社会里又有一种荒唐的传说，说何首乌能变成人形，吃了会成仙，或会长生不老。其实完全是诳话，一点靠不住。有些人拿砖头凿成一个人形的模子，取何首乌的块根放在里面，使苗从顶上通出，埋在泥中，经过一个时期，块根照模型长大，遂呈人形。有时有这种人形何首乌在路旁出卖，便是这样做成的。吃下去当然不比普通的何首乌有更多的好处，不过骗骗迷信者罢了。

茅刀花

夏季的杂草里，我们必须讲到茅刀花（书本上叫它鸭跖草）。它是多年生宿根的绿色有光彩的草本。叶子像竹叶，也生平行的叶脉。夏季，叶鞘抽出苞叶，很像两片对合着的蚌壳，且有一枝长柄，与阔的一端相连接，因此很像一把割茅草的茅刀，茅刀花的名称便是这样来的。

它的花便从蚌壳的开口处露出来。有三个花瓣，但下面的一片含在蚌壳内，不显明。上面露出、展开的两片，阔大，深蓝色，很好看，但极柔薄，做起标本来很容易破碎。花瓣内有六个雄蕊及一个雌蕊。三个雄蕊有完全的花粉囊，别三个只有发育不完全的花粉囊。

碱酸草、天泡草及其他

碱酸草是小孩们很熟识的。它的干很细，常常倒卧地上，着土处，节上会生根。叶柄也细。叶子由三片小叶片构成，小叶片头钝，有小凹。到晚，各小叶片闭合。这叫做睡眠运动。花期很长，自春到秋。花小形，五瓣，黄色，外方萼片五片。花谢后，结绿色有五棱的长形果实；老时，裂开，把细的种子弹出去。我幼时看了觉得很有兴味。碱酸草的叶有酸味，小孩喜欢尝尝它。古书上叫它酢浆草。

天泡草是树状的一年生草本植物，高约一尺（1尺等于0.3333米，全书同）内外。叶中间阔，两端尖，边上有不规则的疏浅锯齿。夏天叶下开白色带淡黄绿色的小花。花向下，钟形。雄蕊五个，花后结圆形黄绿色浆果。萼长大起来，包在外面，像个灯笼，故又称绿灯树。小孩容易生天泡疮，土法拿这植物的花叶或干，焙焦研末，麻油调敷，非常灵验，故名天泡草。中国将来应编一本科学的药物学，把植物当中治病真正有效的东西收罗进去，不灵效的不要。

夏天还有茅草很繁生。狗尾草及蟋蟀草是其中重要的种类。狗尾草俗叫黄狗尾巴，包含不止一种植物。有种毛是绿色的，有种毛是紫褐色。果实含粉质，如果去掉壳也可供食用，只是太细小。稗草子也是这样，如果是生得大些的，也可供食。

另一种著名的茅草是蟋蟀草。因蟋蟀这名称各处不同，这草名也跟着各异。叫蟋蟀为趋织的地方就叫它趋织草，叫催绩的地方就叫它催绩草。它的秆比较软弱，在下部有些僵卧。高大的很高大，秆梢数层，各属分出数枝，下生小花。斗蟋蟀者取此草，秆梢劈作数片，折下，再用手指捋上去。把秆的肉质捋去，露出一簇纤维，用它撩拨蟋蟀之怒，使互相斗。

五　花的构造及与外界的关系

前面所讲的植物都是开花的。但不是所有植物都会开花。许多植物不会开花。我们吃的香菇、木耳也是植物，但不会开花。初夏时节，下一场雨之后，看见烂树头上会生出许多树蕈，都不开花。供食用的葛仙米、竹荪、石花，做糊料的鸡脚菜，及墙边常见的凤尾草，老树干上常生的牌草（又名瓦韦），也都不开花。

会开花的植物里，有些常常开花，有些不常开花。如有种无根萍，不过芝麻那么大，形状也相像，浮在水面上只看到绿色的一小点，上海淞沪线路旁的小沟内就有生着。我培养过，不见它开花，但它的确是有花的植物。

花的构造

现在把花的构造简单说一说。花有多种不同的构造与样式。但是多种花，大都分作内外两种不同的瓣：外层叫做花萼，普通呈绿色，或者分开成片，或者联合成钟形；内层叫花瓣，或称花冠，普通有鲜美的颜色。花瓣内便是雄蕊，中央是雌蕊，这是普通的构造。一般说来：萼有保护花的用处；美丽的花瓣有吸引昆虫的用处，花的香气用处相同。但我们还看到有分明十分不同的两类花：或者没有瓣与萼的分别，或者花瓣虽有也不美丽。例如茅草一类的花，花不美观，也没有萼与瓣的分别；雄蕊的花粉很轻很多，开花时候，风吹过去，把花粉吹送到别的雌蕊上；雌蕊的柱头又分作二叉，各呈羽毛状，很容易把花粉捉住。原来植物结子，须得到花粉里的物质才能受胎，除却少数例外，没有同类的花粉落在雌蕊上就不会受胎结子的。

花与昆虫

有美观的花瓣的花，有的有很多花粉，但不生花蜜，例如野蔷薇花便如此。有蜂飞去，不是采取花蜜，是去拿花粉的。蜜蜂后腿有盛花粉的筐，装了花粉带回去做粮食，同时也于无意中尽了输送花粉的任务，把花粉带到他花的柱头上去，因为蜜蜂采花常常这花里采后又飞到他花去的。

有些美丽的花，花粉不多，但产花蜜。例如春季里开一种叶子像芝麻叶的花，花的上方有一个像屋檐的瓣，下方有一个像嘴唇的瓣，普通呈白色。花的下部略呈管形。如果把花从萼里拔出，向底部一嗽，内有花蜜很甜。小孩常嗽食那蜜，叫它嗽嗽花，书上则常写作野芝麻，其实并不是芝麻的野生者，不过叶子略相像罢了。不但小孩采食那蜜，土蜂也知道的，常常爬进去吸蜜吃。爬进去时，背脊容易与屋檐下的雄蕊相触，于是背上粘了花粉，再飞往他花去吸蜜时，会把花粉粘在雌蕊上。有蜜的花是很普通的，油菜花雄蕊基部有分泌蜜的地方，能分泌出蜜来。九节兰花将开时，每朵花的花梗基部有一滴蜜汁分泌出来。昆虫里不仅蜜蜂、土蜂等要吸食花蜜，还有蝴蝶与蛾类。它们的嘴巴成一条长管形，平时卷在脸下方，如一卷表里的游丝。它们不会咬硬东西吃，便是专门吸食花蜜生活的。

花的开闭与阳光的关系

还有一件事情必须讲一讲，这就是：花的开闭与阳光很有关系。有的植物在昼长的时候开花，有的植物在昼短些的时候开花。更明显的，有些植物昼间开花，到了夜间，如还不谢，花又闭合。有些花是夜间开的。白花或淡黄花常常夜里开，如开白花的蒲子，江苏叫它为夜开花。美洲来的月见草是淡黄色的，也是夜间开的。因此旧植物学书上常说：夜间只有白色或淡黄色最显明，容易为夜行的蛾类所找见，给它们传粉受胎，因此这等颜色的花多数夜间开的。不过也不一定，夜间开花的夜娇娇（书上称紫茉莉），有数种颜色，紫色的最普通，夜里紫色最不显明，但也是夜里开的。

再讲花的构造

我们再讲到花的构造。前面说过：花普通具有萼，花瓣，雄蕊及雌蕊四部分。但荷花，虽然有许多瓣，可是形状彼此有些相像，没有明显的萼与花瓣的分别。此外如望春花、白兰花也没有这分别。

花的花瓣是有多少的，有些是五瓣、四瓣，有些较少或更多。花瓣或者分离，或者联合。也有六瓣分内外两层的，如百合一类的花便如此。兰花也是外层三瓣，内层三瓣。它的花不向上，而向侧面；外三瓣大小不同，中间的一瓣阔大些，左右两瓣狭些；内层的三瓣，左右的一对相像，另一瓣叫做“舌”，则向下卷曲，形状及颜色与其他的瓣完全不同。我说舌向下卷曲，在九节兰里很明显：舌本来在上面，将开时，舌分明朝着总花梗，开时花转一个身，这遂成花向外，舌向下了。

读者如果不对于植物有相当研究，会寻不着兰花的雄蕊及雌蕊在什么地方，也不明白兰花中间的“鼻”是什么东西。原来“鼻”就是雄蕊与雌蕊的集合体。花盛开后，“鼻”的近顶端处下面有黄色粘块要脱下来，那便是花粉块。它的花粉是生在雌蕊的柱头上头的。如果受胎结子，花下的花梗上部便粗大起来，变成果实，俗叫兰荪，里面藏着极轻小的种子。俗认桂子兰荪是难得的东西；银桂确实不见结子，但金桂极会结子，兰荪也极常见。

花各部分的变化

现在要讲花瓣形状的变化。成唇形的花，上方的屋檐两瓣合成，下面唇形的一片是三瓣合成的。许多花开起来成蝶形，豆花便是如此。中间向上的一瓣最大，左右两瓣较小，下方两瓣很小，拼成船底形。

萼的变化不及花瓣多。有的容易脱落，如罂粟的花；有的与果实同在，不会脱落，如辣椒及茄子等。前面说起的天泡草的萼，能长大起来，包在果实外面，尤其特别。

花托变化很多。花梗顶端稍稍长大，以着生花瓣等物，故称为花托。田野间有种小草，叫蛇子草，书上称蛇莓，花托中央凸起成圆形，上生许多雌蕊，花黄色，果实成熟后呈鲜明的深红色。肉质的凸起的花托生着许多细小的果实。荷花花托的中央也凸起，凸起部的顶是平的，雌蕊生在凹下的小坑内，长成莲子时，都坐在凹内，形状很特别。

上面把一朵花的变化讲了个大要，而许多花排列起来的变化也很多的。像小鸡草那样的花，单独生在叶腋里，下面的先开，上面的后开。上面的花与下面的相同。如果许多花密集起来，这一群的花会发生大变化，变成彼此不相同。木本植物里，琼花一类的花，聚在一处，中央的花小形，不显明，四周的花，花瓣特别大，很显明，称为装饰花。

菊类的植物，花聚集得更密，许多小形的花生在一个花托上。向日葵的花托像一张盘。许多菊类，生在周围的花与生在中央的不同：中央呈管状，周围的像舌头的一片，向外射出的。向日葵也是这样，中间的花呈管状，周围的花是舌状的。

还有一种特别的花的集合体这里须讲一讲，但只好借木本植物来做一个例子。读者知道木莲藤吗？它是一种长大的藤，藤上有短根，称为气根，用它来生住在树干皮上，就这样延上去。它生着厚实的蛋形的叶。夏天，叶腋里开花，但普通不知道它是花，当它是果实，叫它木莲子。浙江地方，把它采来切开，包在白布里，放在水里搓，它的白色乳汁便搓出到水中；放在冷处，水便凝结成冻，名叫凉粉，加糖醋供食用。

如把木莲子直切开来看时，它不是果子，是花。它的花托凹进，像一个瓮，里面生着许多小花：底下生有许多雌花，每花只有一个雌蕊，下有一个胀大的子房，上面一根细长的花柱。上部生着雄花，每一花生着几个雄蕊。瓮近口处有一条条的东西向下生着。瓮里的雌蕊会结子（果实）。但整个木莲子实在不是果实，是花的集合体。无花果也是一种花的集合体。因为花隐藏在里面看不见，把整个的花托及内容物当作一种果实，便叫它无花果了。

花的受胎

我们现在想起一个问题，便是异花（即他花）受胎（前已说及，即花粉抽管，把一些物质输送到子房的胚珠里，与别一些物质合并）的问题。雌蕊与雄蕊分开生在两朵花里的植物，受胎当然是他花受胎的，但是一朵花里如果生着雌蕊与雄蕊，莫非也需要拿甲花的花粉来使乙花受胎吗?

不少种雌雄蕊俱备的花是自花受胎的，如小鸡草、荠菜等小形杂草。堇菜、佛座等，在正规的花期以外能生闭花，豆板苋在不良的条件下也能生闭花，闭花当然自花受胎的。但是有些很专化的花，如豌豆是开蝶形花的，看去分别是昆虫搬运花粉，他花受胎的，却常自花受胎。又有些植物能自花受胎，亦能他花受胎，有虫给它传粉时行他花受胎，没有虫来时就自花受胎。

但有些花是经常他花受胎的。前面讲过嗽嗽花的花底有蜜汁，土蜂进去采蜜时，如已往别的花里去过，背上就粘有花粉，进去时背脊与雌蕊柱头擦着；花粉便粘在柱头上了。吸了花蜜退出花外时，背上粘了本花的花粉，但是即使与柱头触着，因为它把柱头推向外方，所以花粉不大可能粘到柱头上去。嗽嗽花的构造是适于行他花受胎的。

但是有种叫做撒尔维亚的植物，花成嘴唇形。它开花时，雄蕊先伸长，先成熟，土蜂进花里去采蜜时，背上粘了花粉。这时候雌蕊还幼稚。过一些时，雄蕊的作用完了，先凋萎了。雌蕊却伸长，到了雄蕊先前的地位，成熟了。土蜂背了他花的花粉飞来时，便与柱头触着，粘上花粉。多种花是构造上适于他花受粉的。雌雄蕊分生在不同的花上的固不必说，便是一朵花内有两种蕊也会不适于自花受胎，只适于他花受胎。据说有种花甚至于不能自己受胎到如此程度：有种兰类植物，叫做昂息定兰（Oncidium flucuosum）如把自己的花粉放在柱头上，那花便死去了。

人工受胎

植物既能他花受胎，也就可用人工受胎的方法，拿甲变种的花粉散在乙变种的柱头上，使它结子，以制造出更有用的新种。人工受胎的方法并不困难，只要花尚未开，雄蕊未熟时，将花瓣及雄蕊轻轻切去，留下雌蕊的花，用纸套或轻薄的赛珊珞套，两端塞住棉花，保护起来，候雌蕊成熟，用软毛刷子（最好用骆驼毛制的）刷取准备给受胎用的花粉，散落在柱头上，仍用上面讲的套子把它保护好。这样结下来的种子，种植出植物来，能造成新的变种。这种方法，农艺及园艺等方面是常在应用的。

六　到了秋季

秋天是谷物收获的时节，这时候多种植物已经结实，还有一部分的杂草在开花，我们常见的有各种菊花、野菊花及与菊花同一类的，如马兰。马兰的嫩苗叫做马兰头，我们常常采来做菜吃的，有一种香气。这一类植物，多种是我们常见的，其中著名的如艾，叶子供食用。它的花都是管状花，淡黄色，细小，集成小形的头状花。周围的花为雌蕊，中央两性花，即雌雄蕊都有的。还有青蒿，花与艾相像，也是小形的头状花，但是叶细裂如丝，不像艾叶阔大而作羽状分裂。青蒿也有香气，江苏浙江等地，夏天拿干的青蒿梗泡茶吃，确是很清香的。

油蜻蛉草

许多夏季开花的杂草，秋季还继续开花。如油蜻蛉草，是田野及路旁极多的草。它与蟋蟀草形状虽相像，但很有不同处。蟋蟀草柔嫩易折，油蜻蛉草不容易拔起，梗极韧，极难折断。它的花序很是特别。花有两壳，内有三个雄蕊与一个雌蕊，柱头分作两叉，呈羽毛状，这些地方与别种茅草类的植物相像。只是小穗并列生于分枝的花梗下方，常成四或五条长穗，稍低一些又有一条或两条长穗，好像人手的五指。

莎草

除了菊花、瓦松等秋天开花的植物外，还有许多开花较早的植物，到秋天还在继续开花。莎草一类的花也会继续在开放。这一类野草的叶一般很光滑。开花的梗子是三角形的，即有三个棱角的。常见的有莎草，小花集合成短小的穗状，红棕色。这类植物普通大都低小，但也有相当高大，像那生在水田里的蔁草，比普通种类大，那三角形的花茎，剥取其强韧的外层，农家妇女拿它编蒲鞋。

果实与种子

会开花的植物，除少数种类，雌蕊与雄蕊变态或退化的不会结子外，一般是会结子的。

秋天到来，虽然还有许多野草继续开花，但不少种类已经结子了。子又称种子，“子”近来常常写作“籽”，以便与子女的“子”分别。事实上，植物的籽与人的胎儿倒是有点相像的。植物的雌蕊里有一个或许多个细小的珠形的东西，叫做胚珠，它普通有两层薄衣裹着，并有一个孔。花粉落在雌蕊柱头上，于是它抽出细管，伸进雌蕊的子房（雌蕊生胚珠的部分，叫做子房），细管顶端伸进珠孔，放出质料，与胚珠内近珠孔处的一些质料合并，发育起来，变成一个种子。一颗花生米是一个种子，一颗豆子、瓜子、凤仙花子都是一个种子。

种子外面有皮包着。如花生米外面有薄的衣，豆子的外面有较硬的壳，都是胚珠的二层珠皮合并变成的。种子外面还有一层壳，如豆有豆壳，花生有花生壳，这是子房的壁变成的。

种子连外壳在内，叫做果实。一荚豆是一个果实，一颗豆子是一个种子。一荚花生是一个果实，一粒花生米是一个种子。这等果实是会裂开的。

牵牛花开了，结下圆形微扁的果实；碱酸草、凤仙花结下长形端尖的果实；也都会裂开。碱酸草与凤仙花的果实裂开时，势很猛烈，能把种子很远地抛出去。

这几种果实与种子的分别最明显；有些果实要复杂些，或特别些，与种子分别较不易。蔷薇的花有一个凹形的花托，里面生着一个一个的雌蕊。后来每个雌蕊结一个瘦瘦的果实，叫做瘦果。外面被凹形的花托包着，像一个果实，实在是包着许多果实。但普通把一朵花结下来的东西称为一个果实，那么，蔷薇的果实不是简单的果实，是一种复杂的果实。

还有，前面曾讲起的蛇莓，它的花托与蔷薇相反，是凸起的，不是凹形的。凸起的花托上生着许多雌蕊，后来结成瘦小的果实，全体呈圆形。在都市里，有草莓买，市民又呼洋萄，它的花托凸出成锥形，比蛇莓的花托大得多，味道酸甜，供食用。

荷花的果实更特别。前已说过：它的花托成倒锥形，上面差不多是平形的，有许多小坑，莲子生在坑内。实际上每一个莲子是一个果实，但也连奇形的花托在内作为一个果实，叫做“莲蓬”。

再说一遍，普通把一朵花结下来的果实称为果实，不管它实际上不止一颗果实，如刚才说过的草莓、莲蓬等。

但是也有例外。前面已经讲起过木莲子与无花果，它们有一个像瓮的花托，里面生着许多极简单的小花，雌雄都有，雌花结下细小的瘦果，很像种子。花托为肉质，在无花果里，熟时味甜可吃。它实在是一个花序，普通却当作一个果子看。桑树的桑子也是一个花序，许多小花生在一条柄上。花开后，每朵花的四片花被包在果实外，成熟时多汁味甜，可吃。“桑子”实在是一球果实。

果实与种子的散布

前面已经说过，碱酸草及凤仙花的果实裂开时，能够把种子弹开去。如果许多种子都落在母植物近旁，芽出来时一定会拥挤在一块儿，挤得太紧，长大不起来的。种子散落时如果散开一点，生活的可能性便大一点。

碱酸草与凤仙花的这种果实叫做蒴。豆类的果实叫做荚，成熟时，荚壳分裂为两片，各片卷转，把种子挤出去，也能抛得有些远。

有些果实有毛，能乘风飞去。蒲公英的果实很细小，花开后，萼伸长，上部有毛，张开，像翻转向上的伞。别有些菊类植物，细小的果实一端生羽毛状的毛，都能飘荡到远处。有些果实有翅，能被风吹到远处。

生在水里的植物，如睡莲及荷花，果实能由水浮去。

有些植物的果实有刺，能附着在动物身上带到远处。田野及废地等处常见的牛膝草，叶卵形，阔大，对生。夏季枝梢开绿色小花，花被五片，淡绿色，旁有两个针状小苞。花开后，花被闭合，不脱落，果实都倒转向下，两个针状小苞在外面，变硬。动物走过，便被带去。人走过时，刺在衣裤上一双双的如灯光下跳跃的“青虫”。窃衣的果实外面有小钩刺，能钩着动物毛上。菊类里的苍耳，它的雌花花序外面，有总苞生成的瓮状物包着，看着像一个果实。这个总苞做成的外壳，外面有坚锐的细钩，钩着毛发，不易脱落。在从前留养长头发时，钩着不易弄脱，因此叫它“头发老虎”。

果实或核，鸟类吞下去不消化，遗出体外，常能芽生。亦有核很黏，鸟吃果肉，把核黏在别处，这样散布开去的。散布种子的方法很多，这里只能拣出来讲了几种，详细情形要请读者自己研究了。

七　在冬季里

植物的胚的构造与芽生

到了冬季，多数野草枯死了——有的全株枯死，即连根死去，有些只是地上部分枯死，生在地下的茎及根，或只有根，是活着的，明年春暖时再生芽（常绿的草本植物则绿叶也留着过冬）。

冬天枯死的一年生植物，普通只留种子过冬。会开花结子的植物，可以说是胎生的，因为种子里面藏的不是别的，正是一株幼植物，好像哺乳动物（猫、狗等生下来要吃奶的动物）的肚里的小动物一样。不过小动物产生下来后，便继续长大起来，植物种子里的小植物，在种子从母植物脱落后，好像暂时停顿着生长，须到春天和暖时才出芽长大起来。

种子里的仁，就是母植物的胎儿，只要仔细一看就容易明白。拿一颗花生的仁或豆板来看，见有两片厚厚的瓣，这叫做子叶。子叶的样子与后来生长出来的真叶不同，这本没有什么奇怪。真叶是因植物的年龄不同而形状也会不同的。两片子叶的一处互相连接着，这里有一个尖头，或弯或直，将来伸长为根。子叶上方有一个小芽头，将来抽长起来生枝叶。所以一个仁是幼植物的一个雏形，好像哺乳动物的胎儿一样。

但小哺乳动物产生下后，便继续长大起来，植物的种子散落地上后，却常常须停一个时候才再长大起来——出芽长大。还有，小哺乳动物生下来就有奶吃，而有绿色的植物是须自己制造食料来吃的。含绿色的部分，主要是叶子，在温暖与有阳光的时候，能把水分及空气中叫做二氧化碳的东西制造成小粉或糖这等的营养的物质。种子开始出芽成幼苗，便要滋养料，但它自己还不会制造的时候怎样办呢？

有些种子分明在胚（幼植物）外面有一种质料，供种子发芽及初步长大时滋养上的需要。牵牛花子、蓖麻子、毛茛的种子，胚的外围有一种质料包围着（叫做胚乳），发芽时，溶解下来，子叶把它吸收，以营养幼苗，使它长大起来。这种质料的用处，又有些像卵生动物的卵里的蛋黄与蛋白。我们吃的米、麦及玉粟（玉蜀黍），大部分便是这种贮藏的质料。这等种子里所藏的质料是粉质。如拿谷来讲，它是一个果实，外面包着两片开花时候的壳，农村里牵砻时候脱落，称为砻糠。那糙米是一粒果实，外面包的面糠是子房壁与珠皮联合变成的东西。糙米舂成白米后，面糠脱落了，这时候，米的一端有一个缺口，像有一些东西落下了。的确有一些东西缺落了，便是植物的胚即幼植物脱落了，完全只剩了贮藏的质料即胚乳。壳出芽的时候，子叶（只有一片）含在壳内不伸出外面来，藏在里面吸收贮藏的物质。到了这些物质吸完时，它的根已有些长，有些多，真叶也有些长大，能自己制造所需要的养料了。

有些种子内，胚塞满种子的衣，胚外没有供营养的物质贮积着。例如大豆、豌豆、南瓜子、葫芦子等，都是这样的。

这等种子的胚的子叶往往很厚实，如豆的子叶，俗呼豆板，里面含有很多的营养物质，供给幼苗长发起来时之用。到厚厚的子叶内藏的养料用尽，真叶已长大得能自己制造食料了。

但是南瓜子这等种子的子叶，没有像豆类的叶子那样厚，营养料也贮藏得少些。但是这等子叶遇到日光容易呈绿色，它较早便能制造食料了。

种子成熟后，散落在地上，普通“静卧”过冬，到明年天气和暖时，遂芽出来。生物生活着的时候，一般是有呼吸作用的。动物醒着的时候呼吸剧烈些，睡着的时候呼吸沉静些；在冬眠的时候，呼吸更低微。植物的种子呼吸降到极微细，但种子内的变化却还是有的。有些杂草（例如豕草，西名为Ambrosia），成熟的种子内的胚是中性或碱性的，将发芽时呈酸性反应，这就表示种子里面睡眠着的胚是在发生化学变化的。种子散落后，有的因为还没有完全成熟，不适于发芽，长大；或者因温度太低，或者因壳很坚厚，水分及氧气不容易渗透进去，遂停滞一个时期之后，才发生起来。

前面已经说及：种子发芽是需要一定的条件的，如温度、水分、空气等等。如果没有这等条件，也不能芽生。还有，我们常见有些植物的种子，隔一年便不会发芽；可知胚已死了，不会生长了。但有些植物的种子如放在寒冷的干燥的地方，可以数年不死。据记载上说：玉粟的种子可以两年不死；豌豆的种子可活三年；卷心菜（甘蓝），洋葱，莴苣的种子可活五年；小麦和燕麦的种子可活八年。其他例子不及备说（这里所指的虽然都是栽培植物，但由此可以推想野生杂草的情形）。

有些种子比上面所讲的还要能生活得长久。长生的种子常有硬厚实的壳。至于有些故事上讲埃及的坟里掘出来的种子下种后还会出芽的话，实在是靠不住的。

八　结束的几句话

杂草这一名词，与“野草”差不多，指栽培以外，自生在山上、野外、路旁、田边、河边等处的草本植物。有时候，分别得细一点，称叶子比较细长，多数是茅草一类的野生草为野草；叶子较阔，可供吃的，叫做野菜；花较美观的，叫野花；可做药的，叫做药草；有毒的，叫做毒草。但毒草与药草很难分别，多种药草也有毒的，换一句话，毒草常常可做药。其他也不很容易分清。

有时候称做杂草是指田间妨害栽培植物、顽强不容易除灭的那些“恶”草。的确的，讲起杂草多少含有“恶草”的观念。但是杂草不能断定全是没有用的野草，我们研究起来，可能有些是可利用的。有些野草（可认为是杂草的），经过栽培与改造，种子可能可供食用。这等实例是有过的。

不但供食用的栽培植物，如小麦、大麦、稻等需要研究，也不但果实、茎、叶、根、花供食用的，种子上的纤维（如棉花）或皮内的纤维（如麻），供纺织用的，花或叶、茎供观赏的这一类植物需要研究，便是杂草也大需研究。我们可从它们中间找出有用的种类来。真正没有用，非常容易蔓延，因此阻碍栽培着的有用植物的，在必须把它刈除时，因为研究明白了它们的生活的规律，也就容易把它们除去了。

第三辑

迎春花

周瘦鹃

迎春花又名金腰带，是一种小型灌木，往往数株丛生，也有独本而露根，伸张如龙爪的，姿态最美。干高一二尺、三四尺不等，可作盆栽，要是种在地上，可达一丈以上。茎作方形，上端纤细而延长，因有金腰带之称。茎上对节生小枝，一枝有三叶，叶厚，作深绿色，与小椒叶很相像而没有锯齿。春前开鹅黄色小花，六瓣，略似瑞香，不会结实，又有开花作两叠的，自是异种，也许来自日本。花后剪其枝条，插在肥土中即活，二三月中用挦牲水浇灌，来春花必繁茂。

迎春虽很平凡，而开在梅花之先，并且性不畏寒，花时很长，与梅花仿佛。我曾有句云："不耐严冬寒彻骨，如何迎得好春来。"顾名思义，自是花中可儿。然而虽说它并不畏寒，可是前两年初冬时，寒流突然袭来，也竟抵抗不得，我旧有的几株老干迎春，都是断送在这一次寒流之下的；只有一株悬崖形的至今无恙，如鲁灵光之巍然独存。旧籍中称迎春为僭客，又有品为六品四命和七品三命的，不知何所取义。迎春枝条多长而纤细，婀娜多姿，种在深盆中，作悬崖形，使它的柔条纷披下垂，最为美观。

迎春花倒也是古已有之的，唐宋时代，就见之于诗人笔下了。如白香山玩迎春花赠杨郎中云：“金英翠萼带春寒，黄色花中有几般？凭君语向游人道：莫作蔓菁花眼看。”刘琦中东厅书迎春云：“复阑纤弱绿条长，带雪冲寒折嫩黄；迎得春来非自足，百花千卉共芬芳。”刘敞阁前迎春花云：“沉沉华省锁红尘，忽地花枝觉岁新，为问名园最深处，不知迎得几多春？”断句如晏殊咏迎春云：“浅艳侔莺羽，纤条结兔丝，偏凌早春发，应诮众芳迟。”以花色比作黄莺的羽毛，以枝条比作纤柔的菟丝，更以花之早开为当然，而诮他花之迟放，寥寥二十字，已将迎春花的特点写尽了。

词中咏迎春的较少，宋人赵师侠曾有清平乐一阕云：“纤秾娇小，也解争春早。占得中央颜色好，装点枝枝新巧。东皇初到江城，殷勤先去迎春。乞与黄金腰带，压持红紫纷纷。”将迎春和金腰带两个名称，全都带上了。

今年立春较迟，迎春花也开得迟了一些；可是我有一盆老本的，在一个月以前已疏疏落落的开了。此外如悬崖形的一本和其他小型的三本，都还含苞未放，大概真要捱到了立春节方肯迎春吧？

好女儿花

周瘦鹃

好女儿花这花名很为美妙，可是你翻遍了植物学大字典，断断找不到的；因为宋光宗的李后讳凤，宫中妃嫔和侍从等为了避讳之故，都称凤仙为好女儿花。凤仙的别名很多，有海蒳，旱珍珠、小桃红、羽客、菊婢诸称，不知所本。花茎有红白两色，高至一两尺，粗的好似大拇指，中空而脆；花于枝桠间开放，形如飞凤，有头有尾，有翅有足，因此又名金凤花。叶尖而长，有锯齿，很像桃叶，因此又有夹竹桃之称，可是未免与真的夹竹桃相混了。凤仙有各种颜色，如深红、浅红、纯白、浅绿、青莲、玫瑰紫等，色色都备，并有花瓣上洒细红点的，称为喷砂，有一茎而开五色的，更为娇艳。花瓣有单有复，更有鹤顶一种，以白花而绿心的，最为名贵。

往时没有蔻丹，女儿家爱好天然，将红色的凤仙花瓣，剔除了白络，加上一些明矾，把它捣烂，染在十个指甲上，用绢包裹，隔了一夜，每一指甲上便染成猩红一点了。因此之故，又有指甲花的别称。元代杨维祯句云："有时漫托香腮想，疑是胭脂点玉颜。”又女词人陆琇卿《醉花阴》词云：“曲阑凤子花开后。捣入金盆瘦。银甲暂教除，染上春纤，一夜深红透。绛点轻濡笼翠袖。数颗相思豆。晓起试新妆，画到眉弯，红雨春山逗。”这些诗词，都是咏凤仙而牵及染指甲这回事的。明代李笠翁，反对女子用凤仙花染指甲，他说：“纤纤玉指，妙在无瑕，一染猩红，便称俗物。”所言自有见地。

凤仙虽是一种平凡的草花，而历史很悠久，晋代即已有之。传说谢长裕见凤仙花，对侍儿说：“我爱它名称，且来变一变它的颜色。”因命侍儿去取了一种汜叶公金膏来，用麈尾蘸了膏，向花瓣上洒去，折了一朵，插在倒影三山的旁边；明年，此花金色不去，都成了斑点，粗细不同，俨如洒上去的一样，即名此花为倒影花。

古今来咏凤仙的诗词很多，而以宋代晏殊的“九苞颜色春霞萃，丹穴威仪秀气攒”两句最为华贵，足以抬高凤仙身价。我因亡妻胡氏名凤君，所以也偏爱凤仙，她去世后，为了纪念她的缘故，尽力搜罗了各色种子，种满在凤来仪室外。每年秋季，陆陆续续地开放起来，足有三个月之久；并且掘了小株，用小型的细磁盆分种了好多盆，一供在亡妻遗像之前。

凤仙以密植为妙，倘能特辟一圃，全种凤仙，每一畦种一色，必有可观。前数年访书画大收藏家庞莱臣前辈于其苏州寓所，见他那个很大的前庭，从石板缝隙中长出无数株的凤仙花来，五色斑斓，蔚为大观，至今还留着深刻的印象。因忆清代嘉道年间的词章家姚梅伯，他也是爱好密植的凤仙花的；他说：“秋日见庭前金凤花百本，向晓尽开，蝶侣蜂群，飞宿上下，仿佛具南田翁画意，因宠之以词，《调寄清平乐》云：嫣红欲绝，瘦朵藏低叶。鬟袖不知风露湿，亸向晓凉时节。蝶蜂栩栩仙仙，泥人半晌缠绵。画箔秋灯儿女，夜来若个深怜？”

一生低首紫罗兰

周瘦鹃

“幽葩叶底常遮掩，不逞芳姿俗眼看；我爱此花最孤洁，一生低首紫罗兰。”“艳阳三月齐舒蕊，吐馥含芬却胜植；我爱此花香静远，一生低首紫罗兰。”“开残篱菊秋将老，独殿群芳密密攒；我爱此花能耐冷，一生低首紫罗兰。”这三首诗，是我为歌颂紫罗兰而作的，那“一生低首紫罗兰”句，出于老友秦伯未兄之手，他赠我的诗中曾有这么一句，我因此借以为题。

紫罗兰产于欧美各国，是草本，叶圆而尖其端，很像是一颗心；花五瓣，黄心绿萼，花瓣的下端，透出萼外，构造与他花不同。花有幽香，欧美人用作香料，制皂与香水，娘儿们当作恩物。此花虽是草本，而叶却经冬不凋，并且春秋两季，都会开花，今年也并不像他花那么延迟时日，三月下旬就照常地盛开了。

考希腊神话，司爱司美的女神维纳斯Venus，因爱人远行，分别时泪滴泥土，来春发芽开花，就是紫罗兰，我曾咏之以诗："娟娟一圃紫罗兰，神女当年血泪斑；百卉凋零霜雪里，好花偏自耐孤寒。"我之与紫罗兰，不用讳言，自有一段影事，刻骨倾心，达四十余年之久，还是忘不了；因为伊人的西名是紫罗兰，我就把紫罗兰作为伊人的象征，于是我往年所编的杂志，就定名为"紫罗兰""紫兰花片"，我的小品集定名为"紫兰芽""紫兰小谱"，我的苏州园居定名为"紫兰小筑"，我的书室定名为"紫罗兰盦"，更在园子的一角叠石为台，定名为"紫兰台"，每当春秋佳日紫罗兰盛开时，我往往痴坐花前，细细领略它的色香，而四十年来牢嵌在心头眼底的那个亭亭倩影，仿佛从花丛中冉冉地涌现出来，给我以无穷的安慰。故王西神前辈，曾采取我的影事作长诗"紫罗兰曲"，兹录其首段云："飞琼姓氏漏人间，天风环珮来姗姗，千红谢馥嫣红俗，化作琪葩九畹兰。芳兰本自生空谷，白石清泉寄幽躅，韵事尽教传玉台，秾姿未肯藏金屋。移根远道来欧洲，瑶草呼龙种碧畴，耕同仙李供香国，咒傍夭桃俪粉侯。"诗太长了，只录其花与人双关的一段，以下从略。

我往年所有的作品中，不论是散文，小说或诗词，几乎有一半儿都嵌着紫罗兰的影子；故徐又铮将军当年曾赋诗见赠云："持鬘天后落人寰，历劫情肠不可寒，多少文章供涕泪，一齐吹上紫罗兰。"真是知我者的话。可是宣传太广，就被人家利用了，往年广东有女舞蹈家，艺名紫罗兰，杭州有紫罗兰商店，上海与苏州有紫罗兰理发店，其实都是与我不相干的。我的"红鹃词"中，有几阙小令，都咏及紫罗兰，如《花非花》云："花非花，露非露。去莫留，留难住。当年沉醉紫兰宫，此日低徊杨柳渡。”《转应曲》云：“难耐难耐，泼眼春光如缋。万花婀娜争开，付与贪蜂去来。来去来去，魂殢紫兰香处。”又《如梦令》云：“一阵紫兰香过，似出伊人襟左。恐被蝶儿知，不许春风远播。无那，无那。兜入罗衾同卧。”日来闲坐花前，抚今思昔，不禁回肠荡气了。

金鱼中有一种从北方来的，叫作紫兰花，银鳞紫斑，雅丽可喜，旧时我曾蓄有二十尾，分作两缸，与紫萝卜花并列一起，堪称双璧。

雁来红

周瘦鹃

千百种的花花草草，每一种都有一个名称。而花草中名称最美的要推雁来红，不但字面好看，而时令和色彩也全都在这三个字上表达了出来。怎么叫做雁来红呢？因为北雁南来的时候，叶变为红之故。为了它越老越鲜妍，因此又有一个“老少年”的别名。清初李笠翁作《闲情偶寄》，有“老少年”一则云：“此草一名雁来红，一名秋色，一名老少年，予尝易其名，曰还童草。此草中仙品也，秋阶得此，群花可废。此草植之者繁，观之者众，然但知其一，未知其二。予尝细玩而得之，盖此草不特于一岁之中，经秋更媚，即一日之中，亦到晚更媚。总之后胜于前，是其性也。”这一番话，对于雁来红的评价，再高没有了。

雁来红是一年生草，初出时好似苋菜，茎叶都和鸡冠一样。到了深秋，高达六七尺以至一丈，脚叶作深紫色，而顶叶一丛，猩红如染，分外的鲜艳，真与春花一般可爱。

雁来红另有一种是顶叶黄红，而脚叶全绿的。收子时标明了颜色，来春下子时，和前一种相间地种在地上，那么入秋以后，更觉斑斓可观。还有雁来黄一种，现已少见，每年秋季雁来时，脚叶仍绿，而顶叶变作纯黄，并且灼灼有光，不像是老叶枯黄的模样。这也可与前二种相间而种，相得益彰。

古诗中咏及雁来红的，宋代以前，竟一首都没有。宋人诗也不多见，仅见徐似道句云："叶从秋后变，色向晚来红。"杨万里句云："开了原无雁，看来不是花，老为黄更紫，乃借叶为葩。"方岳七绝云："秋入山篱叶正丹，老天浑误作花看；不知宋玉今何似，雁欲来时霜正寒。"明代陆树声七绝云："何事还丹可驻年，一枝正作草中仙；霜华洗尽朱颜在，不学春花巧弄妍。""疏疏密密缀新红，庭下看来锦一丛；不分芳华易消歇，剩将老色借秋风。"杨慎有雁来红赋，描写得如火如荼，足为奇卉生色。

清代诗人梁溪周子羽，有雁来红一诗："翔雁南来塞草秋，未霜红叶已先愁；绿珠宴罢归金谷，七尺珊瑚夜不收。"后来京中有一达官依此作画，遍求题咏，都觉得不很贴切；末了有某士人题诗云："汉使传书托便鸿，上林一箭坠西风，至今血染阶前草，一度秋来一度红。"见者都叹服，推为压卷之作。

除了雁来红、雁来黄外，另外一种十样锦，一名锦西风，又称锦布衲。叶似苋菜而大，顶叶纷披，有红、紫、黄、绿各色错综，因名十样锦。我最爱此种，庭前与雁来红合种一起，更觉烂漫悦目。曾于梦中得句云："东皇剪碎夭孙锦，撒遍人间曜素秋。"得了这些秋色，秋天就不觉得寂寞了。不过它们都是长性，倘用长竹竿扶持着，可以过墙，也就容易招风，并且为了根须着土很浅，经风即倒。所以长得一二尺时，就要随时壅土，下雨之后，更非壅不可。秋色之美，全在叶片，一经蚱蜢，蜉蚰摧残，就七穿八洞，顿觉减色。子作黑色，细小如鸡冠子，外包薄壳，簇聚茎上，被风吹入土中，明年可不种自生，可是移植很难，十株不活一二。我曾把小株带泥作盆玩，也早晚伺候，费去了心力不少。

栀子花开白如银

周瘦鹃

栀子花是一种平凡的花，也是群众所喜爱的花。我在童年时听得劳动人民唱山歌，就有“栀子花开白如银”的句儿。当石榴红酣的时节，那白如银的栀子花也凑起热闹来，双方并列一起，真显得娇红妍白。

栀子，有木丹、越桃、鲜枝几个别名。据李时珍说：卮是酒器，栀子的模样很相像，因以为名。栀子是常绿灌木，小的高不过一二尺，可以栽在盆里；地植的，高度可达丈余。叶片厚实，有光，作椭圆形，终年常绿，老叶萎黄时，新叶已发。花白六出，野生的只有六瓣；有一种花朵较大的荷花栀子，每重六瓣，多至三重，共十八瓣，最为可爱。花香很浓郁，宜远闻，不宜近嗅，因花瓣上常有不少细小的黑虫，易入鼻窍。野生的叫做山栀子，花后结实，初作青色，熟后变黄，中仁作深红色，可作染料，也可入药。福建和安徽都有矮种的栀子，高度不满一尺，花小叶小，我们称之为丁香栀子，可作盆景之用。从前四川有红栀子，初冬开花，色香也与一般栀子不同。

据古书上载称："蜀主孟昶，十月宴于芳味园，尝红栀子花，其花六出而红，清香如梅。"又云："蜀主甚爱重之，或令写于团扇，或绣入衣服，或以绢素鹅毛作首饰，谓之红栀子花。"不知四川现在还有否这个种子，如果有的话，真是珍品了。

栀子总是栽在盆里的居多，地植而成林的，可说是绝无仅有；而四川铜梁园东北六十里的白上坪地方所种栀子，多至万株，望如积雪，香闻十里。

栀子花的文献，始自齐梁，历史很为悠久，后来杜甫、朱熹，都有题咏。汉代司马相如作上林赋，有"鲜支黄砾"句，鲜支就是指栀子。但我最爱宋代女词人朱淑贞的一诗："一根曾寄小峰峦，薝卜香清水影寒，玉质自然无暑意，更宜移就月中看。"

我家有好几个栀子花盆景，有单瓣六出的山栀子，树干苍老可喜，也有双株合栽的荷花栀子，今夏着花无数，一白如银，供在爱莲堂中，香达户外。梅雨期间，摘取嫩枝，扦插在肥土里，第二年就可开花。

暗香疏影共钻研

周瘦鹃

“手提一盆景，骑鹤上京华”，看了我这两句歪诗，就可知道这是从“腰缠十万贯，骑鹤上扬州”那两句古诗蜕化而来的。这是怎么一回事呢？原来去冬十二月下旬，我应中国园艺学会和北京市园艺学会的邀请，出席梅花学术讨论会，把苏州家园里两株宫粉小梅桩，合栽在一个雕着梅花的长方形紫砂古盆中，提着它赶往上海而搭了飞机上北京去的，这不就是好像骑鹤上京华吗？

我爱梅成癖，家有“梅屋”“梅丘”“寒香阁”，展出了许多有关梅花的工艺美术品和梅花古书画，园子里有十多株地栽的梅树，还有大小几十盆梅桩的盆景，红红白白，共有近十个品种，蔚为一个梅花专区。我在解放以前，蒿目时艰，痛心疾首，隐居苏州小园里，大种梅花，自比为当年孤山上妻梅子鹤的林和靖，因此所作梅屋即景书中，曾有“冷艳寒香入梦闲，红苞绿萼簇回环，我家亦有巢居阁，填比逋仙一角山”之句，原来孤山上旧有“巢居阁”是林逋赏梅的所在，我就把

“梅屋”跟它作比了。解放以后，我的园地公开。年年梅花时节吸引不少赏梅人，而我这现代林和靖也面向群众与众同乐了。

十二月二十六日上午，梅花学术讨论会开幕了。北京林学院、植物园、园林局等工作人员以及我和武汉、沈阳、杭州的四个外客，聚集在市科协礼堂上，济济一堂，共有一百余人，听取林学院陈俊愉教授作“中国梅花品种及其栽培”的报告，壁上张挂着好多幅梅花分类分组的特制图片，加以扼要的说明。堂上虽没有真的梅花，而我这梅迷却仿佛闻到了暗香，看到了疏影，不由得有些儿陶醉了。据陈教授二十年来调查研究所得，我国有十八个省都种梅花，品种多至二百多个，川鄂山区，是野梅分布的地区，经过整理了一百多个品种的结果，构成了包括十二类三十组品种分类的新体系。那十二类是主要观赏梅花的变种，如江梅、宫粉梅、大红梅、玉蝶梅、绿萼梅、朱砂梅、洒金梅、黄香梅、早梅、杏梅、照水梅、龙游梅等，也算得上是花国中的大族了。

我国的梅花已有二千多年的历史，“梅花小寿一千年”，算不得诗人的夸张。诗经《标有梅》篇，是最早的文献。西汉初年，上林苑中就开始种梅，已有胭脂红梅等名种，争妍斗艳地点缀春光了。到南北朝时代，又有发展，梅花更丰富多彩了。十六世纪时，由我国传种到朝鲜，再传到日本，园艺家们热心地做媒，把中国梅花和日本梅花交配起来，于是子孙繁衍，发展到四百多种，比我国多了一半；连我们早已断了种的黄香梅，也一株独秀，烂开于富士山下了。这个报告会整整举行了一天，为了材料太多，只注重于分类引种和驯化繁殖方面，还有“桩景制作”和“催延花期”两项来不及报告，要待下回分解了。

二十七日一整天，在科协礼堂第一会议室中举行讨论会，出席代表共二十余人。我把所有在苏沪两地搜集来的图文和实物全都带了去，互相传观，例如那本定名《暗香疏影谱》的册子，是我二十多年来手植盆梅的几十种摄影，还有清末苏州种梅专家胡焕章三十八幅盆梅的遗像，老干虬枝，早就成了陈迹了。此外文献有宋代范成大的《梅谱》，张功甫的《梅品》和我的旧作《梅花杂札》等，而实物则有苏州怡园和我家的十八个品种的枝条，是陈教授要我带来给他在林学院扦插繁殖的。此外就是我那两株小梅桩合栽的一个盆景，这是宫粉梅的一种，花蕾儿已渐渐地大了。我在梅边梅下配上了石笋石块和书带草，又标上了“双梅献瑞”四字的题名，供在会议桌的正中，表示向这次会议献礼，一方面也迎接那万象更新的一九六二年。

讨论的重点，仍是在分类分组方面，有些同志提出了一二不同的意见，而由陈教授自行订正或加以说明补充，百家争鸣的精神，也具体而微地在这里表现出来。对于制作新品种一点，我提出了一个不成熟的建议，说黄香梅在我国已断了种，能不能试把古称黄梅的蜡梅，用花粉交配的方法，跟白色单瓣的野梅搞出黄香梅来呢？不过蜡梅一定要选用磬口素心的名种，那种“品斯下矣”的九英（俗称狗蝇）蜡梅是要不得的。

昨天报告会上没有讲到的“桩景制作”一项，大家要我讲一讲。北京植物园俞德浚主任风趣地说："这是一个精彩的压轴戏，要周老来表演一下了。"这些年来，我本来偏重于梅桩盆景的制作，也就义不容辞地把培育、整姿、嫁接各个要点，拉拉杂杂地讲了一遍，并且把日本制作盆景的方法作了参考，也是"乞诸其邻"的意思。我这次带来的资料有的是，可是限于时间，只得草草终场了，最后我又拖了一条尾巴，站起来说："这里还有一个小小节目，就是献花：我要把那远迢迢地从苏州带来的两株小梅桩，献给我们研究梅花的专家陈教授，也算是双梅献瑞吧？"于是双手捧起了那个双梅盆景，笑吟吟地献上去，陈教授也就在一片掌声中欣然接受了。

俗谚说得好："麻雀虽小，五脏俱全。"我们这个会虽是小型的，而报告、讨论以至参观访问，一应俱全。二十八日早上，我们一行二十余众和几位新闻记者，先就到了林学院，刚踏进了二层楼上那间精致的客厅，猛觉得这里已春满一堂，顿时忘却了窗外一片萧索的冬景。原来陈教授他们早已把好多盆在温室中催开的梅桩，陈列四周，绿萼红苞，姹娅欲笑，而在一角更把黑松、凤尾竹和宫粉梅三盆，布成了"岁寒三友"的画面，而一旁更加上了墨兰和绿菊，都挺有精神，那么梅兰竹菊也是四美兼了。我很欣赏一盆老气横秋的红梅，干粗如小儿臂，而姿态自然，据说是从苏州来的，使我有"他乡遇故知"之感。随后又参观了正在温室中举行的梅花展览会，品种更多了，并且有好多盆蜡梅和迎春作陪，愈觉相得益彰，春意盎然。末了陈教授又带我们去探看露地培植的三株照水梅，一株是绿萼重瓣，二株是浅红单瓣，繁枝纷坡，直垂到地上，枝条上的花蕾虽不太多，也已像绿豆那么大了。

出了林学院，就上植物园去，客厅中也陈列着好多盆不同品种的盆梅，全已盛放，带来了无边春色。就中有一本老干的朱砂红梅，花色最为鲜艳，只要略加剪裁，就可成为一个古色古香的上好盆景。尤其使我见所未见流连欣赏的，是那三盆从长沙来的龙游梅，花如玉蝶，枝条自然地形成曲线，有如游龙夭娇。树龄虽不大，个子也不高，而干儿上却长满了瘤，就显出了一种美妙的老态，我欣赏了一会，发现这三株上都有枯死的枝条，就自告奋勇，要了大小两把剪子，给逐一修剪了一下，总算给它们整了容，结了缘哩。随后又参观了几株子出而露地栽培了四年的小梅树，过去人家迷信北方不能种梅树，而这几株不是早就在风霜雨雪中安家落户，以长以大了吗？据俞主任和陈教授说：当他们发现了冬来枝条上抽出了几个花蕾的时候，真的是如获至宝，喜心翻倒哩。

我们兴奋地辞别了植物园，就由黄土岗人民公社的张清泉队长陪同我们上丰台樊家村去，参观他们培植的盆梅。他们的温室很为低矮，叫做洞子，有热洞、冷洞之别。热洞里生着火，一温度很高，要梅花早开，就放在这里催。较粗的枝条，用人工拗曲，拗断的称为“死弯”，不断的称为“活弯”，这与扬州的疙瘩梅、安徽的蛇游梅和苏州的屏风梅，都是地方传统的风格，而跟我们力求自然的说法是有矛盾的。探过了梅，又参观了他们培育韭菜和黄瓜的两个热洞，韭菜已长到七八寸高，黄瓜已有小树枝那么粗，料知春节喝屠苏酒时，都可登盘供人尝新了。

最后的一个节目，就是参观中山公园的唐花坞，这里不单有梅花，还有好多盆残菊，还在挣扎着越冬。此外蜡梅、天竹、迎春、山茶，也有一品红、一品白、君子兰，也有柑桔、金桔、佛手，妙香袭人。并且有两盆高与檐齐的玳玳，结得很多，这是苏州的产物，而是我的同乡了。大家巡回参观了一遍，恰是五时整，植物园俞主任就宣告梅花学术讨论会圆满结束，皆大欢喜。我们边鼓掌边走出唐花坞去，而暗香疏影，似乎还萦绕于我的心目之间。

第四辑

杏花

郑逸梅

晴薰而醉，杏红于染。树高丈余，为落叶亚乔木。二月着花，有单瓣、重瓣二种。剑州山中有重瓣者，花先红后白，但饶色少香。树高大而根生殊浅，须以土石压根，则不致倾折。其他尚有杏梅，实扁而斑。沙杏甘而多汁，世称水杏，奈杏实青而微黄。金杏硕大似梨，色灿若金橘，尤为佳品。

杏之花叶，与梅绝相似。犹忆曩日寓居吴门府桥西街，楼之东为邻家园圃，有巨杏一，浮晖满树，丽色迎人。予初认为晚梅，后乃始知不然。开窗赏对，落英缤纷，往往因风飘入，几案间尽是春痕。实熟，邻家摘而见饷，既饱眼福，又快朵颐。及徙居他处时，犹恋恋此杏不置也。

予喜诵陆放翁诗，尤爱“小楼一夜听春雨，深巷明朝卖杏花”二句。觉其情其景，写来入画。惜海市尘嚣，无此幽居，无此韵事也。

杨士猷画师，没世有年。曾忆其生前绘一《玉楼人醉杏花天》图幅，疏帘绮幕间，一婵娟亸肩立，澹冶幽娴，得未曾有，而繁英满树，紫燕翩翩，极骀荡潋滟之致。图成，张之某笺肆，藉以鬻卖。未几，忽为一某君出重金购去，某君更详叩居址，趋画师寓而访谒焉。某君自言黄姓，少岩其字，武林人。少年不检，情网自投，与戚家韦氏女相缱绻，为之魂梦颠倒，但梗于父命，不克成为眷属。后韦女遇人不淑，悒悒而死。予哭之恸，从此临风怀想，颇以未获一照影为憾事，因韦女有僻性，生平不喜留真也。兹见君《玉楼人醉杏花天》图，面目宛然个依当年，予故喜而挟之归，以为纪念之品，而大笔欲仙，补我阙憾。是又当泥首叩谢者也。士猷为之莞尔，尝以告人，引为佳话云。

嫁杏韵事，流传甚久。昔于我友蘅甫君处获见任山阴所绘《嫁杏图》。图为绢本，杏树之畔，一老妪持处子红裙作欲系状，神态欲活。而设色尤淡雅宜人，允称杰构。一昨晤蘅甫，询及是画，则已于"一·二八"之役，付诸劫灰矣，惜哉。又前辈金鹤望丈，居费韦斋先生宅。有赭杏一树，高寻丈，茂美可喜。曩岁花时，丈徙居新桥巷，然以赭杏烂漫，不能与琴樽书画同移为憾。丹青家毕瞟谷知之，为绘杏一大幅，名曰《嫁杏图》，盖聊以慰情也。

"红杏枝头春意闹。"此宋祁之佳句也。世称为红杏尚书。如此头衔，抑何妩媚乃尔。

南社词人姜可生，别署杏痴。杏之为花，照影临水，含露出墙，固属尤物，而此中有人，呼之欲出。如此绮情，更足为名花添一艳乘。

梅先杏而着花，桃后杏而蓓蕾。故罗隐诗有"暖气潜催次第春，梅花已谢杏花新”之句。然郑谷《杏花》诗，则谓“小桃新谢后，双燕却来时”。似乎与时令未合，不知其当时何所据而云然也。

一自“牧童遥指杏花村”句脍炙人口后，都市贾人，相率以杏花村为市招，而红脉紫苞，顿为俗物。花神有知，当怒叱之矣。

桂花

郑逸梅

仲秋时节，丛桂着花。桂为常绿亚乔木，宜种庭院中。叶光泽而厚，凌寒不凋。一名梫，一名木樨，一名岩桂。诗词中所称之兰桂，即岩桂是。至若方药中之附桂，则别为肉桂，不同类也。花小而四出，香甜袭人。白色者曰银桂，黄者曰金桂，红者曰丹桂，又曰火桂。银桂金桂，可制桂花糖浆，涂诸糕饼，留芬齿颊。丹桂香味较逊，且汁苦不能充食，然枝干不高，可为盆玩。或云，桂接石榴树，其花即成丹桂，不知确否？更有所谓紫桂，出永嘉。又桂子木樨，厥香无比，为桂中第一。

以花开次序而言，可分年桂、四季桂、月桂三种。年桂每年于秋时着花，亦有花后经旬而重开者，曰二桂。四季桂春荣夏茂，秋艳冬芳，发花凡四次。月桂按月蓓蕾。但四季桂、月桂培植綦难，故绝少见。

昔曾端伯以岩桂为仙友，张敏叔以桂为仙客，见《三余赘笔》。又《瓶史》：“木樨以芙蓉为婢。”又《南部新书》：

“招贤寺僧植桂，香紫可爱，郡守白公，号紫阳花。”又《花史》：“无瑕尝着素裳折桂，女伴折取簪髻，号无瑕玉花。”俱为桂之佳话。

我苏惠荫园以桂著。当着花时，氤氲金粟，林壑俱香。园中有桂苑，从桂山庄，绕屋植桂，偃蹇连蜷，高三四寻，繁英细簇，虽竭目力而不得见，更疑天香自云外飘来也。一日予与慕莲同游，慕莲为之大乐。予曰：“子慕莲而今忽慕桂，脱濂溪翁有知，当起而严辞斥责矣。”慕莲为之莞尔。

故庞檗子词人曾写桂花小帧贻桂姬，调寄《秋蕊香》以题之云：“吹下半天香雾，霓袖惊寒墉舞。惺忪一笑人间去，三十六宫何处。星星散作花无数，秋心若，何如月里长生树，夜夜不知风露。”一时和章几成帙云。

科举时代，以登科为折桂，此指郄诜对策，自谓桂林一枝也。梁溪酒丐《三借庐笔谈》，记有郁姓仆，敏慧能诗。小主人好游荡，不喜读书。仆诗以劝之云：“郎君莫爱闲花草，要折秋风桂子香。”为士林所传诵。

古有桂宫，乃陈后主为张丽华所建。宫在光昭殿后，作圆门如月，障以水晶，后庭设素罘罳。庭中空洞无他物，惟植一桂树。见《南部烟花记》。如此境地，仙乎仙乎，陈后主洵风流帝子哉。

《曲园杂纂》有花神议一种：八月桂花，为唐太宗贤妃徐氏，云本以嫦娥配之。然嫦娥乃常仪之误，实无其人，即俗说嫦娥为月仙，究不得即以为花神也。考《唐书》太宗徐贤妃传，八岁能文，父孝德，使拟《离骚·小山篇》曰：仰幽岩而流盼，抚桂枝以凝想。然则淮南丛桂，不得专美矣。

余杭山中多野桂，山氓植栗其间。栗熟绽，剥而啖之，自带桂花香气，称之曰桂花栗，的是隽物。

真如黄岳渊，栽花千万本，各类咸备。夏初杜鹃著花，承折柬邀赏，并谓园中桂亦繁茂，凡七十余种，此时想已发荣。惜予羁身尘俗，不克前往一观，否则霏金泫露，苞粟凝珠，徘徊其下，足以蠲遗世虑，亦一乐事也。

人之诞生，世俗往往以花序为题名。如诞生于正月者曰梅生，二月者曰杏生，即贤哲亦未能免俗。如烈士山阳周实丹，生于八月，小名桂生。实丹，即从桂字上着想而得也。

咏桂名句，美不胜收，略录一二，以为我文生色。如杨万里云："苔砌落深金布地，水沉蒸透粟堆盘。"范成大云："昨朝尚作荼枪瘦，今日催成粟粒肥。"刘禹锡云："根留本土依江润，叶起寒棱映月开。"沈周云："高攀才子沾衣绿，争插佳人压鬓黄。"陆游云："重露湿香幽径晓，斜阳烘蕊小窗妍。"罗从彦云："风摇已认飘残菊，日照浑疑缀散金。"

据种植家言，桂须浇以猪秽，若移栽宜于高阜半日半阴处。严冬以腊月壅其根，则来年不灌自茂。如木生蛀，取芝麻梗悬诸树间，自收杀虫之功云。

芭蕉

郑逸梅

昔人句："深院下帘人昼寝，红蔷薇映碧芭蕉。"又云："红了樱桃，绿了芭蕉。"则此墙东卓翠者，洵当令之佳卉也。

芭蕉为多年生植物，高八九尺，茎软，重皮相裹，外青里白。叶甚修巨，一叶舒则一叶焦，概不谢落，与秋菊之不落花，同为艺圃之俊物。三年以上着花，瓣大小不整，色淡黄，其实垂垂而长，即香蕉是，然非于热地不熟。

芭蕉多异名，曰甘蕉，曰芭苴，又号扇仙，盖叶可制扇，且舒展飐动，亦若扇之挥拂，故唐贤李玉溪有"芭蕉开绿扇"，杨万里有"绕身无数青罗扇"之句，比喻殊妙切也。更多异种。美人蕉娇小玲珑，着花秾艳，为园林间不可少之物。赣州产凤尾蕉。福州有铁蕉，闻以铁屑和泥壅之。羊角蕉结子尖锐，形若羊角。板蕉结实味淡。佛手蕉实小而甜，俗呼为蕉子。鸡蕉尤香嫩甘美，南人珍之。水蕉则不结实。胆瓶蕉其身特大，而其上渐小，叶展开作翠绿，正如胆瓶中插数枝蕉叶也，亭馆列植，深可爱玩，亦名象蹄蕉，言如象蹄然。

粤东人家多植蕉，缉之如麻，织为衣，较葛为美，名为蕉葛。琉球更有芭蕉布，略带褐色，东瀛人取以粘附于屏幛间，甚古雅也。

雨滴芭蕉，厥声淅沥清越，然愁人闻之，为之百端怅惘，不能自已，曲调中因有《雨打芭蕉》一折。球王李惠堂喜弄月琴，辄于夜静更深，弹《雨打芭蕉》以为排遣。其所著《病中回忆录》，一再述及之也。

我师胡石予先生，囊致景云词人书，言及芭蕉之韵致，殊耐人玩索。书云："余家小楼下种蕉三年，今高与楼齐矣。其叶放半月者，深绿色，放未十日，绿稍逊。初放一二日，色浅碧，间以淡黄，净比秋河，媚如春柳。每当晓露夜月，推小楼之窗，倚小窗之槛，一种秀色清影，时涵溢于吟榻囊书妆台奁镜间。余家止此劫余一楼，倘所谓一室小景非耶！"王禹称《竹楼记》云："夏宜急雨，有瀑布声；冬宜密雪，有碎玉声。"余于芭蕉亦云。方今盛夏，烈日可畏，而余空庭如张翠幕，绿荫浓厚，颇受其益也。但杜宇去夏尝作一油画，邀予观之。画中一巨蕉叶披拂舒展，翠色欲流，裸女荫憩于下，叶受阳光，映肌肤俱绿，佳妙无与伦比，的是眼福。

《长物志》有品评芭蕉一则云："绿窗分映，但取短者为佳，盖高则易为风所碎耳。冬月有去梗以稻草复之者，过三年即生花结甘露。"

古人作画，忽于实而重于意境。故摩诘丹青，往往不问四时，《袁安卧雪图》，雪中有蕉。高启诗："寒池蕉雪诗人画”，即谓此，不料竟有见诸事实者。余戚冯秋华自吴门来，谓其邻王氏之巢云小筑，多植卉木，错落有致。王翁性本风雅，脱匏系之官，作菟裘之计，花须月碎，鹰爪茶香，晏如也。榭左所栽芭蕉，入冬未萃。日前天甚寒而风，浮浮瀌瀌，飞雪满园，而芭蕉一树，犹峭倩青葱，与石畔含苞欲拆之小梅若争荣然者。翁大喜，宴客赋诗，成《蕉雪酬唱集》一卷，地方报纸竞载之，洵属一时佳话。又据人传称，是蕉本为葑溪许玉岑家物，翁于今岁移植者。玉岑潇洒风流，与一妓名蕉影者相缱绻。蕉娘楚楚可怜，无时下北里习气，玉岑为之脱籍，别营金屋而藏娇焉。奈被其妇侦之，妇酸娘子也，不能容。然故饰其貌似甚表同情者，自谓无姊妹妯娌，得此豸为伴甚善，盍徙之来宅。玉岑为甘言所惑，竟允之。如是妇百般凌虐。蕉娘病，不许延医，缠绵床笫者兼旬，遂致不起。蕉娘死，玉岑为之伤悼不置。而善妒之妇别有肺腑，见庭除中之碧蕉一丛，弄月成影，恐其夫之触景怀人也，嘱臧获辈锄去之。王翁与许家有世谊，时相过从，知碧蕉之将遭斧斤也，乞而移栽巢云小筑中，以保其天。经雪摧风欺而不瘁者，乃蕉娘之魂所附托也。斯则语述诞妄，不足信。

僧怀素学书无纸，种芭蕉万本，以供挥洒，号其所居曰绿天庵。又南汉赵纯节轩窗馆宇，咸种芭蕉，时称之为蕉迷，可与和靖之梅，渊明之菊，濂溪之莲，子猷之竹，媲美千古。

《坚瓠集》云，有人召仙，以芭蕉一叶置袖中，请仙赋之，仙即书云：“袖里深藏一叶青，知君有意侮神灵。今宵试听芭蕉雨，久滴潇潇一二声。”蕉之神话，足资谈助。

芭蕉可分其小株种之。若以簪脚横刺小孔令泄气，则低矮婆娑，终不长大，即盆玩中物也。

菖蒲

郑逸梅

菖蒲为多年生草本，一名菖歜，一名尧韭。共三种：生于陂泽者，浜菖也；生于溪涧者，水菖也；生于水石中者，则为石菖蒲。高只数寸，叶纤细，因称细叶菖蒲。

相传文王好菖蒲，故取名昌。周人祭先人昌蒲为献。又苏子由亦善蓄菖蒲，盆中菖蒲忽开九花，人以为瑞。

四月十四日，菖蒲生日，修剪根叶，积梅水以滋养之，则青翠易生，尤堪清目。见《陶朱公书》。

石菖蒲有六：金钱、牛顶、虎须、剑春、香苗、台蒲是也。种诸盆中，为书斋清供者，大都为金钱、虎须、香苗。性喜阴湿，宜于沙石浅水。震泽张听蕉，植菖蒲有年，经验綦富，遂多关于菖蒲之著述。予曾抄得论菖蒲十则，录之以为法诀：（一）菖蒲嗜者既多，又一种青钱小堆，叶似稍粗，性不喜水，花圃中多有售者，惟叶细多根，不如虎须为佳。（二）菖蒲长在水中，惟石不烂，惟水不枯，石中栽虎须者为贵，得鼠粪乃更盛。（三）菖蒲性好阴，若烈日烘曝，叶反不青。最爱花阴空隙处安置，略见日光，而风露滋浸飘荡，周年长青。（四）菖蒲得水而养，水宜陈陈相因，盆内宿水，慎勿倒换，干则添水，河中活水为上，池水次之，矾水深禁忌之。（五）菖蒲剪在春夏之交，剪时须净，不留杪上分毫，手段要猛，用竹剪将杪梢剔尽，闷足则报芽方细，惟到冬令，切宜慎剪，恐冻块受伤。因性喜雪，遇雪消冰融，分外光洁，其枝叶乃正入妙时。（六）菖蒲宜小宜矮，以寸为度。蒲色青，石色白；蒲色葱倩摇曳，石色环绕晶莹。中能细细凿空，嵌以石子，乃觉剔透玲珑。（七）菖蒲愈分愈多，根不盘实，多亦无用。近以棕栗蒲头入水不霉，色最黝黑朴茂。更以棕片细裹作馒头式，中成隆脊。得黄土性，枝叶畅茂，久之根须联络，如绶带然。（八）菖蒲独得乾坤清气。深山陡壁，大气盘旋，往往于断崖飞涧，挖取真种。两间灵趣，惟静者得之。若长大如剑，天中节所用，产水泽中，其种不入品。（九）菖蒲久种，年月既深，根蒂牢固，沙石瓦盆，皆可插种，能得十年之久，逐层包裹，势成盘龙而上乃妙。其根捣烂开窍，叶虽有香气，功效反次，若不剪多年，经久自能开白花。（十）菖蒲有山林气，无富贵气，有洁净形，无肮脏形。清气出风尘之外，灵机在水石之间。此为静品，此为寿品，玩者珍惜，爱菖蒲者不可不知。

菖蒲须用白瓷盆盎，既古雅，又洁净，垫以紫檀之架，静则生灵，允为文房至宝。而披卷著述，目倦之余，对之尤为清豁。灯前置一盆，可收烟气，颇有益也。

入冬防护，必须注意。尽间置于檐下阳光处，用活水遍洒，夜则密藏于室。菖蒲可任雪压，不可冰冻；雪有潜滋暗长之机，冰有冻损根叶之虞。且瓷盆易裂，故每当气候严寒，先将盆水沥尽，保盆即保蒲也。若冻久枝叶将萎。又适天阴不见阳光，则暂用温水化之亦无妨。

古人有菖蒲忌诀云：添水不换水（添者虑其干，不换存元气），见天不见天（见日沽雨露，见日恐焦枝），宜剪不宜分（分多则叶粗），浸根不浸叶（浸叶则烂）。其法尽之矣。

苹果

郑逸梅

果品中啖之有益于人者，莫如苹果。苹果为落叶亚乔木，干高丈余，春日开浅红花，夏日实熟，形扁圆，初色青，熟则半红半白，或全红，殊艳美，西方文字中常以之比喻女郎之嫩颊，至切当也。别有一种色红而肉硬，可以久藏，不易蛀烂者，原产于美洲，俗称金山苹果，价值较贵，一年输入，厥额甚巨也。

苹果，一名频婆果。频婆，梵言犹言端好也。见于前人笔记者，如《采兰杂志》云："燕地频婆，夜置枕边，微有香气。"《学圃余疏》云："北方频婆，即花红之变也，扶桑人则呼之为林檎。"

有棘皮动物，曰海苹果，以其形圆似苹果而得名，现已罕见。

取苹果以指爪遍抓之，则剥皮自易脱落。

吴俗多忌讳，凡探视病人，不宜贻赠苹果，盖苹果谐音病故，于兆不吉也。

吴中北寺塔，巍然入云表。其顶茁生一木，枝叶扶疏，以可望不可接故，人遂指为苹果树。谓乃仙人所留种，啖之可以长生。某年，大事修葺，始知顶上发荣者，不过一寻常栎树，禽类衔子，遗落而生，神话将不攻自破矣。

欧美人与其情人书，常有我眼中之苹果之称呼，所以示其昵爱也。

据医学家云，苹果中含营养成分甚富，味酸者可以治痢，味甘者有润肠之功。尤以德国人民视苹果为治病圣药，谓其能强心、开胃、止咳、停呕、去肠虫等，功效不可思议也。

苹果能洁齿，虽焦黑者，多嚼是果能治之。

凉州产苹果，有硕大如碗者。家家收切，曝干为脯，数十百斛，以为蓄积，谓之频婆粮。烟台有香蕉苹果，具苹果之形，而饶香蕉之味，洵异种也。

闻冯焕章逼宫时，溥仪夫人方啖一苹果，见戎装武士来即委之于地而走。于是此残余之苹果，遂为好事文人所传述，竞载报章云。

桔

郑逸梅

“甘逾石蜜，味重金衣”。此简文帝之言也。际兹木落天高，冬初秋末，桔之绿与橙之黄，俱为野圃之点缀。《淮南子》：“桔树至江北化为橙，然则橙亦桔之类也。且桔为扬州之贡，蜀郡之英，屈原颂之，痪亮献之，陆绩怀之，交甫赠之，其见珍有如此，洵佳果也。”

桔一名木奴，大者曰桔，小者曰柚，为常绿灌木。干高一二丈，茎多细刺，叶作长圆形，初夏开小白花，厥香甚烈，六七月成熟。温州产桔饶多，昔韩彦直知温州时，曾撰有《桔录》三卷，上卷桔品八，橙品一；中卷桔品十八；下卷为种植之法。桔之名色有朱桔、蜜桔、芳塌桔、包桔、绵桔、沙桔、早黄桔、穿心桔、波斯桔、荔枝桔、脱花桔、甜冻桔等。蜜桔皮粗厚，瓤大而多甘汁，市上仍沿其称。朱桔大概即为福桔，福桔较小，扁圆而皮薄，色红易剥，产于闽地，为桔中之最普通者。其它诸桔，以不习见故，无可证考矣。

种桔之法，春初取核撒地，待长三尺许，始可移栽。夏时灌溉宜勤。性畏霜雪，入冬，以泥粪壅其根，稻草裹其干，则不冻损。其木病藓与蠹，故干生苔藓，即刮去之。见蛀屑必有虫穴，以钩索之，再以杉木钉窒其中。自古种桔者什九致富。越多桔园，越人岁出桔税，谓之橙桔户，亦曰桔籍。吴阚泽表曰："请除臣之桔籍。"《汉书》曰："江陵千树桔，其人与千户侯等。"《襄阳耆旧传》，纪李衡种桔千株曰："吾有木奴千头，皆足与陶朱公媲美者也。"则种桔之利厚可知。

湖南长沙县西湘江中有地名下洲者，旧时多桔，因名桔洲。杜工部句："乔口桔洲风浪促。"

桔逾淮而为枳。枳之花叶皆类桔，惟结实粗劣不可食，仅堪入药。且其树多刺，最宜编篱。然《太平清话》云："桔奴不必渡江，即生桔地，愈南愈佳，愈北愈劣。"

藏桔于绿豆内，至春尽不坏，橙柑亦然，若见糯米即烂。

桔之皮可制桔红，为治痰良药，以化州署苏泽堂前产者为最。又桔实内之纤维质，曰桔络，亦药笼之材。

自古帝王，奢侈已极，一饮一食之微，动辄设官以掌之。汉武帝时，交趾有桔官，秩二百石，主贡御桔。

《幽怪录》："巴昂桔园中，霜后见桔如缶，剖开，中有二老叟象戏。"《神仙传》："苏仙公白母曰：'某受命当仙，明年天下疫疾，井水一升，桔叶一枚，可疗一人。'来年果有疫，求母疗之，无不愈者。"此为桔之神话。按桔井在今湖南郴县东。

扶桑人颇多迷信。元旦，家家门前悬一福桔，以为得福之兆。

书家刘山农，尝一度退隐种桔，号天台蜜桔，甚为名贵，今已充斥于市肆矣。

文震亨《长物志》，有蔬果之品评，谓桔为木奴，既可供食，又可获利。有绿桔、金桔、蜜桔、扁桔数种，皆出自洞庭。别有一种小于闽中，而色味俱相似，名漆碟，红者更佳。出衢州者，皮薄亦美，然不多得，山中人更以落地未成实者，制为桔药。

古人爱桔，宠之以诗。如张彤云："树树笼烟疑带火，山山照日似悬金。"柳宗元云："密林耀朱绿，晚岁有余芳。"范成大云："奇采日中丽，生香风外浮。"白居易云："珠颗形容随日长，琼浆气味得霜成"。李纲云："黄金为肤白玉瓤，沆瀣深时甘且芳。"读之令人馋涎欲滴。

菲岛风俗，于耶诞节，凡属亲戚朋友，必互相馈赠，尤以我国果品若新会之黄橙，福州之朱桔，为最隆重之礼物。一自欧战后，菲政府以权利关系，遽加拒绝。由海关卫生部检验，托词我国果品含有细菌，不许其商人领取。以致大宗之橙桔，完全烂去，从此销路遂告断绝，年来由国际贸易局一再疏通，果类照旧出洋，则每岁耶诞节，黄橙朱桔，又得快彼邦人士之朵颐矣。

桔熟时节，气候爽适，于人体最宜。其时绝鲜与药铛茶灶为缘者，故《续世说》有云："枇杷黄，医者忙；桔子黄，医者藏。"唐李伯珍与医帖，白金一挺奉纳，以备桔黄之需。

二月得乙则曰桔如，十二月得乙则曰桔涂。见《尔雅·释天疏》。

瘗埋死鼠于桔根下，则结实繁硕。

取桔蜜饯之，成扁圆形，名曰桔饼，甘芳略带酸味，我吴稻香村、采芝斋均善制之。

自物质文明，有以科学方法为桔子汁者，贮以瓶盎，为夏日唯一饮品。更有榨桔机，以暹罗蜜桔投入机中，一经转旋，琼浆汩汩流出，盛盏饮之，鲜甜无匹。

桔可以制羹。其法先剥桔去核，并抽络净尽，别取小粉浆冲以沸水，调至匀和无粒块为止，然后加糖，倾桔瓤于其中，则甘芳微带酸味，隽品也。桔红可以制糕。桔红者，桔皮也。切成小方块，以糯米粉和糖同蒸之，熟后，或型之为糕，或搓之为丸，啖之清馨，且有润肺之功。

予幼时好弄，啖桔辄留桔皮，俟夜间灯上，取桔皮向火力挤之，桔皮有汁射出，火焰发兰瓣状，一如灼橄榄核，引为乐事。又取较大而皮薄之福桔，以刀画其中部，剥去其大半，仅留少许为弧形，俨然成一花篮，弧形则篮上之环也。昔时状况，至今回忆，恍如梦境矣。

《陶庵梦忆》有樊江陈氏桔一则云："樊江陈氏辟地为果园，树谢桔百株，青不撷，酸不撷，不霜不撷，不连蒂剪不撷，故其所撷，桔皮宽而绽，色黄而深，筋解而脱，味甜而鲜。"陶堰道墟以至塘栖，皆无其比。余岁必亲至其园买桔，宁迟宁贵宁少，购得之，用黄砂缸，藉以金城稻草，或燥松毛收之，阅十日草有润气，又更换之。可藏至三月尽，甘脆如新撷者。

银杏

大花蕙兰和春兰

田野杂草：车前草、蛇泡草、马齿苋、五爪金龙、黄花酢浆草

牵牛花

迎春花

桂花

芭蕉

水仙

桃

杜鹃

向日葵和冬葵

木棉

大树菠萝

大豆

凤仙

海棠

芍药

牡丹

茉莉

罂粟

第五辑

杨柳

丰子恺

因为我的画中多杨柳，就有人说我喜欢杨柳；因为有人说我喜欢杨柳，我似觉自己真与杨柳有缘。但我也曾问心，为什么喜欢杨柳？到底与杨柳树有什么深缘？其答案了不可得。原来这完全是偶然的：昔年我住在白马湖上，看见人们在湖边种柳，我向他们讨了一小株，种在寓屋的墙角里。因此给这屋取名为“小杨柳屋”，因此常取见惯的杨柳为画材，因此就有人说我喜欢杨柳，因此我自己似觉与杨柳有缘。假如当时人们在湖边种荆棘，也许我会给屋取名为“小荆棘屋”，而专画荆棘，成为与荆棘有缘，亦未可知。天下事往往如此。

但假如我存心要和杨柳结缘，就不说上面的话，而可以附会种种的理由上去。或者说我爱它的鹅黄嫩绿，或者说我爱它的如醉如舞，或者说我爱它像小蛮的腰，或者说我爱它是陶渊明的宅边所种，或者还可引援“客舍青青”的诗，“树犹如此”的话，以及“王恭之貌”“张绪之神”等种种古典来，作为自己爱柳的理由。即使要找三百个冠冕堂皇、高雅深刻的理由，也是很容易的。天下事又往往如此。

也许我曾经对人说过“我爱杨柳”的话。但这话也是随缘的。仿佛我偶然买一双黑袜穿在脚上，逢人问我“为什么穿黑袜”时，就对他说“我喜欢穿黑袜”一样。实际，我向来对于花木无所爱好；即有之，亦无所执着。这是因为我生长穷乡，只见桑麻、禾黍、烟片、棉花、小麦、大豆，不曾亲近过万花如绣的园林。只在几本旧书里看见过“紫薇”“红杏”“芍药”“牡丹”等美丽的名称，但难得亲近这等名称的所有者。并非完全没有见过，只因见时它们往往使我失望，不相信这便是曾对紫薇郎的紫薇花，曾使尚书出名的红杏，曾傍美人醉卧的芍药，或者象征富贵的牡丹。我觉得它们也只是植物中的几种，不过少见而名贵些，实在也没有什么特别可爱的地方，似乎不配在诗词中那样地受人称赞，更不配在花木中占据那样高尚的地位。因此我似觉诗词中所赞叹的名花是另外一种，不是我现在所看见的这种植物。我也曾偶游富丽的花园，但终于不曾见过十足地配称“万花如绣”的景象。

假如我现在要赞美一种植物，我仍是要赞美杨柳。但这与前缘无关，只是我这几天的所感，一时兴到，随便谈谈，也不会像信仰宗教或崇拜主义地毕生皈依它。为的是昨天天气佳，埋头写作到傍晚，不免走到西湖边的长椅子里去坐了一会。看见湖岸的杨柳树上，好像挂着几万串嫩绿的珠子，在温暖的春风中飘来飘去，飘出许多弯度微微的S线来，觉得这一种植物实在美丽可爱，非赞它一下不可。

听人说，这种植物是最贱的。剪一根枝条来插在地上，它也会活起来，后来变成一株大杨柳树。它不需要高贵的肥料或工深的壅培，只要有阳光、泥土和水，便会生活，而且生得非常强健而美丽。牡丹花要吃猪肚肠、葡萄藤要吃肉汤，许多花木要吃豆饼；但杨柳树不要吃人家的东西，因此说人们说它是“贱”的。大概“贵”是要吃的意思。越要吃得多，越要吃得好，就是越“贵”。吃得很多很好而没有用处，只供观赏的，似乎更贵。例如牡丹比葡萄贵，是为了牡丹吃了猪肚肠只供观赏，而葡萄吃了肉汤有结果的原故。杨柳不要吃人的东西，且有木材供人用，因此被人看作“贱”的。

我赞杨柳美丽，但其美与牡丹不同，与别的一切花木都不同。杨柳的主要的美点，是其下垂。花木大都是向上发展的，红杏能长到“出墙”，古木能长到“参天”。向上原是好的，但我往往看见枝叶花果蒸蒸日上，似乎忘记了下面的根，觉得其样子可恶；你们是靠它养活的，怎么只管高踞在上面，绝不理睬它呢？你们的生命建设在它上面，怎么只管贪图自己的光荣，而绝不回顾处在泥土中的根本呢？花木大都如此。甚至下面的根已经被斫，而上面的花叶还是欣欣向荣，在那里作最后一刻的威福，真是可恶而又可怜！杨柳没有这般可恶可怜的样子：它不是不会向上生长。它长得很快，而且很高；但是越长得高，越垂得低。千万条陌头细柳，条条不忘记根本，常常俯首顾着下面，时时借了春风之力，向处在泥土中的根本拜舞，或者和它亲吻。好像一群活泼的孩子环绕着他们的慈母而游戏，但时时依傍到慈母的身边去，或者扑进慈母的怀里去，使人看了觉得非常可爱。杨柳树也有高出墙头的，但我不嫌它高，为了它高而能下，为了它高而不忘本。

自古以来，诗文常以杨柳为春的一种主要题材。写春景曰“万树垂杨”，写春色曰“陌头杨柳”，或竟称春天为“柳条春”。我以为这并非仅为杨柳当春抽条的原故，实因其树有一种特殊的姿态，与和平美丽的春光十分调和的原故。这种姿态的特点，便是“下垂”。不然，当春发芽的树木不知凡几，何以专让柳条作春的主人呢？只为别的树木都凭仗了东君的势力而拼命向上，一味好高，忘记了自己的根本，其贪婪之相不合于春的精神。最能象征春的神意的，只有垂杨。

这是我昨天看了西湖边上的杨柳而一时兴起的感想。但我所赞美的不仅是西湖上的杨柳。在这几天的春光之下，乡村处处的杨柳都有这般可赞美的姿态。西湖似乎太高贵了，反而不适于栽植这种“贱”的垂杨呢。

梧桐树

丰子恺

寓楼的窗前有好几株梧桐树。这些都是邻家院子里的东西，但在形式上是我所有的。因为它们和我隔着适当的距离，好像是专门种给我看的。它们的主人，对于它们的局部状态也许比我看得清楚；但是对于它们的全体容貌怕始终没看清楚呢。因为这必须隔着相当的距离方才看见。唐人诗云："山远始为容。"我以为树亦如此。自初夏至今，这几株梧桐树在我面前浓妆淡抹，显出了种种的容貌。

当春尽夏初，我眼看见新桐初乳的光景。那些嫩黄的小叶子一簇簇地顶在秃枝头上，好像一堂树灯，又好像小学生的剪贴图案，布置均匀而带幼稚气。植物的生叶，也有种种技巧：有的新陈代谢，瞒过了人的眼睛而在暗中偷换青黄。有的微乎其微，渐乎其渐，使人不觉察其由秃枝变成绿叶。只有梧桐树的生叶，技巧最为拙劣，但态度最为坦白。它们的枝头疏而粗，它们的叶子平而大。叶子一生，全树显然变容。

在夏天，我又眼看见绿叶成阴的光景。那些团扇大的叶片，长得密密层层，望去不留一线空隙，好像一个大绿障；又好像图案画中的一座青山。在我所常见的庭院植物中，叶子之大，除了芭蕉以外，恐怕无过于梧桐了。芭蕉叶形状虽大，数目不多，那丁香结要过好几天才展开一张叶子来，全树的叶子寥寥可数。梧桐叶虽不及它大，可是数目繁多。那猪耳朵一般的东西，重重叠叠地挂着，一直从低枝上挂到树顶。窗前摆了几枝梧桐，我觉得绿意实在太多了。古人说“芭蕉分绿上窗纱”，眼光未免太低，只是阶前窗下的所见而已。若登楼眺望，芭蕉便落在眼底，应见“梧桐分绿上窗纱”了。

一个月以来，我又眼看见梧桐叶落的光景。样子真凄惨呢！最初绿色黑暗起来，变成墨绿；后来又由墨绿转成焦黄；北风一吹，它们大惊小怪地闹将起来，大大的黄叶便开始辞枝——起初突然地落脱一两张来；后来成群地飞下一大批来，好像谁从高楼上丢下来的东西。枝头渐渐地虚空了，露出树后面的房屋来，终于只剩几根枝条，回复了春初的面目。这几天它们空手站在我的窗前，好像曾经娶妻生子而家破人亡了的光棍，样子怪可怜的！我想起了古人的诗：“高高山头树，风吹叶落去。一去数千里，何当还故处？”现在倘要搜集它们的一切落叶来，使它们一齐变绿，重还故枝，回复夏日的光景，即使仗了世间一切支配者的势力，尽了世间一切机械的效能，也是不可能的事了！回黄转绿世间多，但象征悲哀的莫如落叶，尤其是梧桐的落叶。

但它们的主人，恐怕没有感到这种悲哀。因为他们虽然种植了它们，所有了它们，但都没有看见上述的种种光景。他们只是坐在窗下瞧瞧它们的根干，站在阶前仰望它们的枝叶，为它们扫扫落叶而已，何从看见它们的容貌呢？何从感到它们的象征呢？可知自然是不能被占有的。可知艺术也是不能被占有的。

黄山松

丰子恺

没有到过黄山之前，常常听人说黄山的松树有特色。特色是什么呢？听别人描摹，总不得要领。所谓“黄山松”，一向在我脑际留下一个模糊的概念而已。这次我亲自上黄山，亲眼看到黄山松，这概念方才明确起来。据我所看到的，黄山松有三种特色：

第一，黄山的松树大都生在石上。虽然也有生在较平的地上的，然而大多数是长在石山上的。我的黄山诗中有一句“苍松石上生”。石上生，原是诗中的话；散文地说，该是石罅生，或石缝生。石头如果是囫囵的，上面总长不出松树来；一定有一条缝，松树才能扎根在石缝里。石缝里有没有养料呢？我觉得很奇怪。生物学家一定有科学的解说；我却只有臆测：《本草纲目》里有一种药叫做“石髓”。李时珍说：“《列仙传》言邛疏煮石髓。”可知石头也有养分。黄山的松树也许是吃石髓而长大起来的吧？长得那么苍翠，那么坚劲，那么窈窕，真是不可思议啊！更有不可思议的呢：文殊院窗前有一株松树，由于石头崩裂，松根一大半长在空中，像须蔓一般摇曳着。而这株松树照样长得郁郁苍苍，娉娉婷婷。这样看来，黄山的松树不一定要餐石髓，似乎呼吸空气，呼吸雨露和阳光，也会长大的。这真是一种生命力顽强的生物啊！

第二个特色，黄山松的枝条大都向左右平伸，或向下倒生，极少有向上生的。一般树枝，绝大多数是向上生的，除非柳条挂下去。然而柳条是软弱的，地心吸力强迫它挂下去，不是它自己发心向下挂的。黄山松的枝条挺秀坚劲，然而绝大多数像电线木上的横木一般向左右生，或者像人的手臂一般向下生。黄山松更有一种奇特的姿态：如果这株松树长在悬崖旁边，一面靠近岩壁，一面向着空中，那么它的枝条就全部向空中生长，靠岩壁的一面一根枝条也不生。这姿态就很奇特，好像一个很疏的木梳，又像学习的“习”字。显然，它不肯面壁，不肯置身丘壑中，而一心倾向着阳光。

第三个特色，黄山松的枝条具有异常强大的团结力。狮子林附近有一株松树，叫做“团结松”。五六根枝条从近根的地方生出来，密切地偎傍着向上生长，到了高处才向四面分散，长出松针来。因此这一束树枝就变成了树干，形似希腊殿堂的一种柱子。我谛视这树干，想象它们初生时的状态：五六根枝条怎么会合伙呢？大概它们知道团结就是力量，可以抵抗高山上的风吹、雨打和雪压，所以生成这个样子。如今这株团结松已经长得很粗、很高。我伸手摸摸它的树干，觉得像铁铸的一般。即使十二级台风，漫天大雪，也动弹它不了。更有团结力强得不可思议的松树呢：从文殊院到光明顶的途中，有一株松树，叫做“蒲团松”。这株松树长在山间的一小块平坡上，前面的砂土上筑着石围墙，足见这株树是一向被人重视的。树干不很高，不过一二丈，粗细不过合抱光景。上面的枝条向四面八方水平放射，每根都伸得极长，足有树干的高度的两倍。这就是说：全体像个“丁”字，但上面一划的长度大约相当于下面一直的长度的四倍。这一划上面长着丛密的松针，软绵绵的好像一个大蒲团，上面可以坐四五个人。靠近山的一面的枝条，梢头略微向下。下面正好有一个小阜，和枝条的梢头相距不过一二尺。人要坐这蒲团，可以走到这小阜上，攀着枝条，慢慢地爬上去。陪我上山的向导告诉我：“上面可以睡觉的，同沙发床一样。”我不愿坐轿，单请一个向导和一个服务员陪伴着，步行上山，两腿走得相当吃力了，很想爬到这蒲团上去睡一觉。然而我们这一天要上光明顶，赴狮子林，前程远大，不宜耽搁；只得想象地在这蒲团上坐坐，躺躺，就鼓起干劲，向光明顶迈步前进了。

第六辑

水仙

贾祖璋

水仙，有青翠光润的叶片，亭亭直立的花梗，疏落有致的花序，冰清玉洁的花瓣，鹅黄粉晕的花心，芬芳清幽的馨香，姿容色泽都令人感到可爱。别的花都要种在污浊的泥土里，它却可以生活在洁净的清水里。衬着晶莹圆滑的石子，盛在精致的瓷盆里，无怪古人说它是没有凡态俗骨，并且比拟它为“凌波仙子”了。

但是，水仙果真是终身在清水里生活的吗？完全不是。水仙是陆生植物，不是水生植物，平时也要栽种在泥土里。正因为它是从污浊的泥土里来的，它才能在洁净的水里透出清香幽雅的花朵来。水仙假如终身浸在清水里，那么，跟穷人喝西北风一样，不是早就饿死了吗？

水养水仙，使用的是它蒜头似的地下茎，这在植物学上叫做鳞茎，系由多数肥厚的变形叶片（特殊鳞片叶）层层包裹而成。鳞片叶贮藏养分，可供抽叶开花之用。

鳞茎种在泥土里，秋季抽叶，冬春之交开花，夏季花梗和叶一齐枯死。在叶片生长的期间，绿叶所制造的养料，一部分供自身消耗和开花之用，一部分供鳞茎增大和新生小鳞茎之用，一部分贮藏在鳞片叶内，以备越冬。这些水仙，叶片和花梗都长达一二尺，不像水养的那样短小。

水仙的鳞茎原本比较小，一个鳞茎只抽生花茎一二枝。大的鳞茎，能抽生花茎四五枝以至近十枝。这是长期人工栽培所成的。旧时关于水仙的种植，有几句口诀，叫做：

六月不在土，七月不在房，
栽向东篱下，开花朵朵香。（明 邝璠《便民图纂》）

就是说，当夏季茎叶枯萎时，要把鳞茎从土里掘起；等到秋季，再把它种在向阳的地方。

还有一种叫做蟹爪水仙的，叶片短小而屈曲，花茎也矮。这并不是一个特殊品种，是把鳞茎削去半面，微微露出幼芽，然后水养而成的。

水仙的花梗上端有一片膜质的苞，苞里面伞生四五朵到八九朵的花。每朵花有六片花瓣，花瓣白色，倒卵形，没有萼和花冠的区别，所以正确的名称，应该叫做花被。花被的下部结合成筒形，就叫做花筒。花筒的口上，有指环状的黄色突起，叫做副花冠。旧时把水仙花叫做金盏银台，盏指副花冠，台指花被。雄蕊六枚，雌蕊一枚，都不透露在花筒之上。

水仙花也有重瓣的，特称为玉玲珑，系由雄蕊也变为花瓣所成。

花后子房发育成蒴果，内含细小扁薄的种子，形状有点像甜瓜子，但只有几毫米长，都没有完全发育，所以不能萌发成幼苗。水仙是全部依靠鳞茎繁殖的。

荷花

贾祖璋

讲到荷花，便记忆起幼年时爱玩盆荷的情景。盆栽的荷花，花儿并不多；但从初种时起，看它那浮在水面的小小“荷钱”（小荷叶），便已十分可爱。把荷钱揿下水去，叶面现出丝绒似的白光；放了手，它随即倔强地露出水面，一点水湿也不会沾着。假如把水滴上去，叶面就出现一个个灵活地滚动的亮晶晶的小水珠；小水珠多了，便汇合成一个大水珠。大水珠没有小水珠那样圆整灵活，叶片无法承担它的重量，便从叶缘流去，后来生出较大的叶片，亭亭地直立水上，因为叶片中心稍稍凹陷，滴上水去，不再能形成小水珠，而只是全都聚集在中心。等到重量无法承受时，叶片自然倾侧，水就流去，假如用小勺斟起水来，缓缓地倾泻叶上，那就水珠四散，仿佛是“大珠小珠落玉盘”了。

还有那多刺的叶柄，把它折成几分长的一段一段时，有细丝会让它们连在一起，好像一串佛珠。或是单单折取一长段，因为里面有管状空隙，插入水中，可以吹出水泡。

荷花为什么要生不沾水的叶片和多刺中空的叶柄呢？这该用科学的道理来解释。

用植物学的眼光来看，荷花的一切构造，都是为的适应水中生活。它有根状分节的茎，横卧水底，节上生根，梢头几节，肥大成藕。内部也有数条管状空隙，和叶柄、花梗的管状空隙相通，便于流通空气。不然，埋没水底，就难免窒息了。把藕折断，也有抽不断的细丝，俗语“藕断丝连”，便由此而来。细丝是它体内运输营养液的一种导管，即螺纹导管的外壁。藕所以肥大，因为它含有多量淀粉，便于度过寒冬，到来年春天再萌发新芽。因此荷花不必专靠种子来繁殖。

荷叶从地下茎的节上生出，初生时，叶片卷曲呈梭子状，侧向，下半紧贴叶柄。展开以后，叶柄就位于叶片下面的中心，成为伞形。春季初生的荷钱，因为叶柄细弱，不能直立，所以只能浮在水面。叶色翠绿，上面看似平滑，其实密生着无数细毛。一般植物，气孔都生在叶片下面，下面少受阳光照射和风的吹拂，空气出入时，水分损失较少。荷花一类水生植物，不愁水少，但叶片下面贴近水面，气孔容易堵塞，所以都生在上面，而上面也要防止雨水来堵塞它，这就是密生细毛的缘故。开头讲的叶面滴水的游戏，也可算是一种粗浅的科学实验。如果借助放大镜等器械作进一步观察，那就更好。至于叶柄生刺，那是显而易见的，是为了防御动物食害。

荷花也从地下茎的节上生出，往往一花一叶并生。叫做“藕”，就是花叶成双，就是“偶”的意思。花梗的形状和构造，完全和叶柄相同。萼片形小，早落，不常为人注意。花瓣通常16片，外方几片形大而色淡。专供观赏的品种，花大而瓣多。雄蕊多数，环生在杯状花托的下面。花托上面呈蜂窝状，雌蕊就分别生在这些窝内；花柱短小，柱头分泌黏液，便于受粉。

花谢以后，花托长大，成为莲蓬，也叫莲房。莲蓬里面一颗颗的莲子，就是子房发育成的果实，外面黑色的硬壳是果皮。中药铺出售的“石莲子”，是带壳的整个果实；南货店出售的莲子，壳已剥去，那是种子了，可吃的部分是两片肥厚的子叶。子叶之间有绿色的幼芽，俗称莲心，味苦。在植物界中，像莲心这样在种子里面就已经有发育完全的绿色幼芽，那是少有的。莲蓬组织疏松，干枯以后，浮水不沉，当它野生的时候，有随水漂流、散布种子的作用。在植物学上，经常被引用为说明植物利用水力散布种子的例子。

荷花以淡红色的为最常见，白色的也多。紫色和杂彩的比较少。专供取藕或采莲子充作食用的品种，以白花的为佳。供观赏用的，有千叶红、千叶白（叶指花瓣）、墨荷、锦边莲等品种。寻常的荷花都是花梗顶上只生花一朵。有所谓并头莲的，花托分裂为二，宛似两朵花并生在一起。还有三裂的叫做一品莲，四裂的叫做四面莲，都很少见。又有所谓重台莲的，是花托上部又生一个花托而成的。

《尔雅》一书，在2000多年前，已对荷花的各个部分都赋予一个名称，显然当时对它的观察已经相当仔细。我们不妨用现代的植物学知识来把它分析说明一下：

荷，芙渠　郭璞注：“别名芙蓉，江上呼荷。”这是总名，一共三个，“芙渠”一名，现已少用。

其茎茄　“茎”是叶柄和花梗，现在已不用“茄”这个名称。

其叶蕸　“蕸”与“茄”相同，过于古奥，现已不用。

其本蔤　郭注：“茎下白蒻在泥中者。”这“蔤”或“白蒻”是地下茎没有肥大成藕的部分，称它为“本”，是茎的意思，倒很正确。

其华菡萏　“华”是古“花”字，就是说，荷花叫做菡萏。有人解释作未开的荷花，也已通行。

其实莲　郭注：“‘莲’谓房也。”就是说莲是莲房，即莲蓬。但现在已通行把莲作莲子解。

其根藕　这一句似应在“其本”之前。把它当作“根”，是错误的，当然我们不能用现代的眼光去要求古人。至于真正的根，却漏而未说。

其中的　郭注：“莲中子也。”这是指整个带壳的莲子，即果实。至于去壳的莲子，即种子，则没有特定的名称，与现在把两者混称为莲子相同。

的中薏　郭注：“中心苦。”“薏”是“中心苦”的绿色幼芽，这样，对可供食用的子叶，也缺少一个名称。

比《尔雅》时代更早的《诗经》，已经说到：“隰有荷华”。“彼泽之陂，有蒲与荷。”好像还是描写野生的状态。屈原《离骚》说：“制芰荷以为衣兮，集芙蓉以为裳。”想必当时楚国已经盛产荷花，而且已有栽培。荷花繁生于较为温暖的地方，所以讲到荷花，往往提起江南。例如那首有名的汉乐府，“江南可采莲，莲叶何田田。鱼戏莲叶东，鱼戏莲叶西，鱼戏莲叶南，鱼戏莲叶北”，就是写的江南景色。

荷花与佛教有密切的关系，例如佛座以莲花为饰，叫做莲座。修行人埋葬处，往往传说发生莲花等都是。宋代周敦颐那篇有名的《爱莲说》，说莲“出淤泥而不染，濯清涟而不妖”，就有点佛教思想的痕迹，这也可以算作宋代理学家沾染佛教哲学影响的一个旁证吧！

菊

贾祖璋

爱菊的缘故

自来认为菊霜放花，不畏寒，不随万卉同枯，有高洁的风格。用以拟人，好比是卓然独立、坚操笃行的君子。秋天的花，并不限于菊，如木芙蓉，色尤艳丽，但总比不上菊那样受人推重。这大概与历史传统有关。《离骚》有“朝饮木兰之堕露兮，夕餐秋菊之落英”的名句，屈原是一位操行高洁的大诗人，后人仰慕他，也便爱及他曾经歌咏的“秋菊”。还有晋代的隐逸诗人陶渊明，特别爱菊，他对于菊是这样说的：

采菊东篱下，悠然见南山，
山气日夕佳，飞鸟相与还。（《饮酒》五）

秋菊有佳色，裛露掇其英，
泛此忘忧物，远我遗世情。（《饮酒》七）

芳菊开林耀，青松冠岩列，

怀此贞秀姿，卓为霜下杰。（《和郭主薄》）

他的生活是：

九月九日无酒，坐宅边丛菊中，采摘盈把。

望见白衣人至，乃王弘送酒，即便就酌。（《续晋阳秋》）

因为陶渊明爱菊。后人便认为渊明和菊同样可爱。又渊明是隐逸之士，于是菊也成为隐逸之花。北宋周敦颐曾以咏叹的口吻说："噫！菊之爱，陶后鲜有闻！"这是说渊明爱过的菊，便无人够得上去爱它，于是菊便愈觉可爱了。

再如说："九月九日，佩茱萸，食蓬饵，饮菊花酒，令人长寿。"（《西京杂记》）"南阳有菊水，其旁悉芳菊，水极甘馨。中有三十家，不复穿井，即饮此水，上寿百二十、三十。"（《荆州记》）这是从它的药用作用出发，却流于迷信。又如说："菊有正色（指黄色），具中之德，君子法之。"（宋濂《菊轩铭》）那更是道学家的迂腐之谈了。

菊花的颜色和姿态，丰富多彩，变化百出，足以供人观赏。在学术上，作为遗传变异的研究资料，也有价值。这是现代爱菊的理由。

植物学上的菊

菊在植物学上，属于双子叶植物的菊科。菊科是植物界中最高等的一群，花的构造最进步，种类最多。整个菊科，现在已知共有15000余种；而菊的一属，也有140余种，栽培的菊起源于我国，大概由两种野生种培育而成：

一种是原菊（Chrysanthemun sinense Sab. Var. japonense Makino），产于我国和日本。多年生草本，茎高二三尺，稍稍木质化，枝分杈少，有短柔毛。叶敷白粉，里面生短毛。概形比家菊瘦小。秋季开头状花，只有一圈舌状花，白色或紫。大花品种，都由这一种变成。

一种是小原菊（Ch. Indicum L.），茎高可至四五尺，分枝多，有短柔毛。叶薄而缺刻尖锐，两面都不敷白粉。10月下旬开小头状花，花径四五分，黄色。小花品种都起源于这一种。

另一种香叶菊（Ch. Lavandulifolium Makino），是我国最常见的一种野菊，旧名苦薏。叶质薄，缺刻略深。花小色黄。与栽培种有何关系，未详。

现在栽培的菊花，颜色有黄、白、红、紫和各种杂彩。花的大小不一，径4寸以上的为大菊，4寸到2.5寸的为中菊，2.5寸以下的为小菊。花瓣数有单复的分别（严格说，菊花都是单瓣，因为一朵菊花，是一个头状花序，是由无数朵花集合而成的。所谓复瓣，只是生舌状花冠的花较多而已）。花瓣的形状，有平瓣（羽毛）、匙瓣（马蹄）、管瓣等种，其中阔狭、粗细、长短，更是种种不同。花瓣的姿态，有的卷抱花心，有的纷披下垂，有的俯仰伸缩，极不整齐。养花的人，根据花色和姿态的不同，随意命名，相沿下来，有数百种之多。原菊花色朴素，形状简单，怎样能变化发育成这样富丽繁缛的菊花呢?

菊花变异的原因

各种动植物，在饲养栽培的过程中，经常会发生变异。经过人工选择，积年累月，便成为现在所有的各种不同的品种。达尔文《饲养下动植物的变异》一书，对此有详细的说明。变异有不显著的彷徨变异和显著的突然变异，更有由杂交造成的杂种变异。对于菊花，也有关于这方面的一些旧记载，如：

> 白菊一二年多有变黄者，予在三水，植大白菊百余株，次年尽变为黄花。（史正志《菊谱》）
>
> 闻于莳花者云，花之形色变异如牡丹之类，岁取其变者以为新，今此菊亦疑所变也……人力勤，土又膏沃，花亦为之屡变。（范成大《范村菊谱》）

这都肯定了菊花的变异，范成大并且指出人力和营养分是变异的原因。又《广群芳谱》说：

有他处讨来名花根接者，明年花开必变，即以原花枝梗，横埋肥地中，每节自然出苗，收起近中簭者，则花木不变。

这显然知道接穗和砧木发生的新苗，能分别保持原有的特性。

《广群芳谱》又有关于杂种变异的记载：

秋菊枯后，将枯花堆放腴土上，令略着土，不必埋，时以肥沃之，明年春季，自然出苗。收种，其花色多变，或黄或白，或红紫，更变至有出人所不识名者，甚为奇绝。

这是当时不了解其中有自然杂交种子，因而会出现这种奇绝的现象。不过，种子繁殖的方法，早在宋代已为人所注意，如周密（1232—1308）的《癸辛杂识别集》就说：

凡菊之佳品，候其枯，斫取带花枝置篱下。至明年收灯后，以肥膏地，至二月，即以枯花撒之。盖花中自有细子，俟其苗，至社日，乃一一分种。

周密已经知道“有细子”，而利用它来培养佳品。只是“分种”的结果如何，可惜没有详说。

据现代研究，无性繁殖（扦插或嫁接），也能出现芽条变异，获得新种，但机会不多。用种子繁殖，则变异较多。菊花不自花授粉，便于人工杂交。选定交配的花朵，花心周围的花瓣剪短1/2或1/3，使花心的小花朵多受阳光，能充分成熟。然后用毛笔蘸取预定作父本的花粉，涂刷在母本花心的花朵上。为了防止自然杂交，交配前3日起到交配后3日止，宜用蜡纸袋把花套住。如遇天雨或寒冷，最好移放在温室里。两个月后，种子成熟，可把花枝剪下，倒挂室内，让它干燥。最后揉取种子，妥善保存。春分前后，播种于花钵内，上覆杂草，随时浇水。约经两星期，见有新芽，就可把草除去。以后施肥移植，与一般栽培法相同。秋季开花时，可选取花色花容美丽新奇的植株，留待明年继续栽培。经过两三年，形质固定，这就成为新品种了。

菊花品种史的考察

关于菊的最早记载，当推《礼记·月令》的“季秋之月，鞠有黄华”。直至初唐，关于菊花，还只说它“金英”“黄花”，至于花的形状大小，也没有说到有多么变异。大概都还离野菊的样子不远。到唐代中叶，才有咏白菊的诗歌，词意间显示出白色是当时新出现的，而且还比较稀少：

家家菊尽黄，梁国独如霜。（刘禹锡《和令狐相公玩

白菊花》)

满园花菊郁金黄，中有孤丛色似霜。（白居易《重阳席上赋白菊花》)

陶诗只采黄金实，郢曲新传白雪英。素色不同篱下发，繁花疑自月中生。（李商隐《和马郎中移白菊花见示》)

同时又有紫菊的字样，出现于诗篇中，如：

紫英黄萼，照耀丹墀。（萧颖士《菊荣篇》)

紫艳半开篱菊静。（赵嘏《长安晚秋》)

紫菊丛丛色。（杜荀鹤）

等是。宋代韩琦有《和崔象之紫菊》诗云：

紫菊披风散晓霞，年年霜晚赏奇葩，嘉名自合开仙府，丽色何妨夺锦纱。

这种紫菊的色彩，竟用晓霞锦纱来比拟，想必已经相当艳丽了。

宋代以前，关于菊花，虽然有各种异名，但尚没有品种的名称。只有“甘菊”一名，那是供食用的，与观赏无关。也是韩琦，才在观赏菊类中第一次提出“金铃菊”那样的品种名：

黄金缀菊铃，兖地独驰名。（《重九席上赋金铃菊》）

可见这是兖州地方当时新出现的一种菊花，不知哪一位根据它形小色黄的特征，取下这个适切的名称。当时培养菊花，想必已很普遍，而新种出现，亦必时有所闻。所以苏轼（1036—1101）曾说："洛人善接花，岁出新枝，而菊品尤多。"

范成大在《范村菊谱》里说："余尝怪古人之于菊，虽赋咏嗟叹，尝见于文词，而未尝说其花环异如吾谱中所记者，疑古之品未若今日之富也。"正确反映了菊花品种历史发展的过程。他当时所见所闻的种类，如"东阳人家菊图，多至七十种。淳熙丙午（1186）范村所植，止得三十五种。"这35种，他有详细的记载：黄色最多，计20种，白、紫、红色各5种。花的姿态和花瓣形状，变异很多。与范氏同时的罗愿（1136—1184）在《尔雅翼》中说："近世谱菊者有八十一种，有黄、白、缃及色如桃花者。"可见当时的菊花，已经品种不少。

以后继续有撰写菊谱的人，明代王象晋的《群芳谱》，综合各家菊谱，得黄色92种，白色73，紫色32，红色35，粉红22，异品17，同类5，合计至276种。清康熙四十七年（1708）汪灏等所撰的《广群芳谱》又增加42种，合计在300种以上。到现在又200多年，其间又产生了多少新的品种，目前栽培的是多少种，还待有人研究整理。

我爱桃花

贾祖璋

友人来信，嘱写一篇《春风桃李》，一个多么好，多么生动有趣，而且意义深长的题目。但文思拙滞，命题作文，不知怎样下笔才好。无奈，只能自己出个题目，内容单纯一些，叫做《我爱桃花》。

我爱桃花，爱它庭心墙角，篱边宅旁，山陵原野，湖畔路侧，不择地宜，随处安身。爱它临窗映户，陪伴了我整个童年。爱它最接近人，人人都认识它，熟悉它。

我爱桃花，爱它是我国土生土长的植物。虽然西方学者误认它原产波斯（伊朗），把它定名为“波斯桃”。但这正足以证明，大概早在汉代，它便已沿着丝绸之路从我国传播到了西亚。

我爱桃花，爱它是春的使者。桃红柳绿，便是最通俗的描写春景的字眼。“一曲桃园树，平沙十里春”（明·方九功），云蒸霞蔚，红雨成阵，烂漫春光，凭它装点。

我爱桃花，爱它多姿多态，多种多类，色彩形态，富有变化。爱它有绛桃、绯桃、碧桃、二色桃、日月桃、鸳鸯桃、寿星桃，种类繁多，不可胜数。

“重门深锁无人见，惟有碧桃千树花”。（唐·朗士元）这是碧桃一名的首次记载。明·杨基《写生碧桃花歌》：“枝上白云吹不散，阶前明月照疑空”，说的是白花。宋·范成大《咏绯碧两桃花》诗：“碧城香雾赤城霞”，好像说碧桃花真是碧色的。明·王象晋《群芳谱》：“千叶桃，一名碧桃”。现在也把专供观赏的重瓣桃花，不论花色红白深浅，不论树形高矮大小，都叫做碧桃。花并非碧色，为什么叫做碧桃，希望有人能够给予解释。

我爱桃花，爱它有花又有实。这是桃李梅杏、苹果梨子等蔷薇科果树的通性，而桃子的形状、色彩、大小、时令，变化特多。它有五月桃、六月白、水蜜桃、肥城桃、黄金桃、蟠桃、油桃、冬桃，和花一样，也是种类繁多，不可胜数。

蟠桃是一个别致的名称。东方朔《十洲记》：“东海有山名度索山，有大桃树，屈盘数千里，曰蟠桃”。由于树形屈蟠，所以叫做蟠桃。后来把扁形的桃子叫作蟠桃，却不知是什么意思了？这名称首先见于《洛阳花木记》，“蟠桃一名饼子桃”。《群芳谱》不载蟠桃，只记饼子桃和方桃，方桃大概也是蟠桃的异名。

水蜜桃、肥城桃等等都是形大色美，玉液琼浆，甘甜适口，为人喜爱的佳果。但不耐贮藏，供应期短，是一大缺憾。油桃皮坚肉硬，冬桃果小迟熟，都较耐贮藏，能否让它们跟水蜜桃等优良品种杂交，创造出“水蜜油桃”“水蜜冬桃”等新的品种来呢？不知果树园艺学家试验过没有？

我爱桃花，爱它生长迅速，容易栽培。白居易《种桃歌》：“食桃种其核，一年核生芽，二年长枝叶，三年桃有花。忆昨五六岁，灼灼盛芳华。”宋·陆佃《埤雅》：“谚曰，‘白头种桃’‘桃三李四，梅子十二’。”直到现在，还是流传这些谚语。

关于种桃，还有一个故事。宋代诗人石曼卿在海州做官时，那里山高路险，树木稀少。他教人把桃核裹上泥土，投掷山上，几年以后，满山都是桃树，花时烂漫如锦。现在飞机造林，也用裹泥的种子，而这裹泥的方法，在我国已有将近1000年的历史了。石曼卿不仅是一位诗人，也是一位提倡绿化，并且有所发明的人。

我爱桃花，爱它的果实被称为寿桃，可用以祝贺长寿，只是桃树生长迅速，衰老也早，仅有一二十年寿命。短命的桃树，长寿的桃子，多么矛盾。这又只好用神话来解释了。相传也是东方朔的著作《神异经》说：“东方有树，高五十丈，名曰桃，其子径三尺二寸，和核煮食之，令人益寿。”这大概是寿桃的出处吧。

寿桃也叫做蟠桃，现在所用寿桃，都是有尖嘴的水蜜桃一类的桃子，并不是前面讲过的那种扁平形的蟠桃，这种寿桃为什么又叫蟠桃，又是一个不可解的问题了。

我爱桃花，爱它是文学上的重要题材。“桃之夭夭，灼灼其华。”3000年前的诗人已经歌颂了它。“山桃红花满上头，蜀江春水拍山流。”唐代诗人刘禹锡描绘的这一幅春山春水的画幅，桃花呈现多么生动艳丽的色彩。隐逸诗人陶渊明那篇《桃花源记》，塑造了千余年间封建社会所祈求的一个理想乐园。他如崔护的“人面桃花相映红”的故事，刘晨阮肇遇仙的传说等等，都是桃花给我们的文学遗产。

我爱桃花，但我并未能栽培桃花，研究桃花，歌咏桃花，甚至几十年来欣赏桃花的机缘也很难遇见。桃花有知，必将感到多么口惠而实不至啊！

杜鹃啼处花成血

贾祖璋

20年代，我写《鸟与文学》时，完成的第一篇稿子是《杜鹃》，由于古代有杜鹃花是杜鹃鸟啼血溃成的传说，所以那篇文章也涉及了杜鹃花，说到《花镜》记载了杜鹃花栽培的方法，“上海等处……初春严寒季节，和牡丹同样，用温室促成开花，与梅花、水仙相映成趣。”这算是近今较早介绍杜鹃花的一段文字。

当然，在我国，杜鹃花的栽培，起源很早。据《续仙传》记载：

> 鹤林寺在润州（今江苏省镇江市），有杜鹃花高丈余，至春月烂熳，僧相传云，贞元中（唐德宗，785—840年），僧自天台移栽之。

足见至迟唐代已有栽植。栽植的事实，也见于诗人的歌咏：

本是山头物，今为砌下芳。（白居易《山石榴花十二韵》）

一园红艳醉坡陀，自地连梢簇茜罗。（韩偓《净兴寺杜鹃花》）

现在鹤林寺有一杜鹃楼，楼前杜鹃花一丛，高一米余。已经不是旧物，但枝叶茂盛，花以千数，依然烂漫可观。

杜鹃花有许多别名，见于唐代的就有山石榴、山榴、山踯躅、踯躅和红踯躅5个，有诗为证：

山石榴一名山踯躅，一名杜鹃花，杜鹃啼时花扑扑。（白居易《山石榴寄元九》）

山榴花似结红巾。（白居易《题孤山寺山石榴花》）

五度溪头踯躅红。（张籍《寄李渤》）

敕赐一窠红踯躅，谢恩未了奏花开。（王建《宫词》）

宋代起还有映山红和石岩的名称，见于洪迈等人的记载：

润州鹤林寺杜鹃，乃今映山红，又名红踯躅。在江东弥山亘野，殆与榛莽相似。（南宋·洪迈《容斋随笔》）

近时又谓先敷叶、后着花者为石岩以别之。然前人但谓之红踯躅，不知石岩之名起于何时，今江南在在皆称石岩。（明·朱国桢《涌幢小品》引《嘉泰志》）

花之红者曰杜鹃，叶细花小、色鲜瓣密者曰石岩。（明·王世懋《学圃余疏》）

总之，杜鹃花种类繁多，古人未能细加区分，种种别名，可能是同种异名，也可能是异种同名，也就不必细加推究了。

杜鹃花是杜鹃花科杜鹃花属植物，最常见的一种是映山红，分布长江流域，东至台湾。落叶灌木，高可达2米余。叶片椭圆状卵形或倒卵形，疏生粗毛，下面较密。花1~2朵顶生于枝梢；花冠漏斗形，5裂片，长3厘米左右；红色，深浅不一，上方3裂片里面有深红色斑点。雄蕊10枚。花后结生卵圆形小蒴果。

杜鹃花是一大属，全世界约有800种，我国就有650种之多。旧记载花色，除了红色以外，还有紫色、深红和白色3种：

紫踯躅，我向通川尔幽独。（唐·元稹《紫踯躅》）

玉泉南涧花奇怪，不似花丛似火堆。（白居易《玉泉寺南三里涧中多深红踯躅……》）

冰肌玉骨擅无双，不与山花斗艳妆。欲染啼红冤杜宇，争如傅粉伴何郎。（南宋·赵成德《白杜鹃三首》之一）

大概白杜鹃花种类稀少，不易见到，所以记载较迟，而对它的描写，却细腻而有赞颂之情。

杜鹃花一般春夏开花，旧记载也有秋季再开一次花的，如：

春红始谢又秋红，息国亡来入楚宫。应是蜀冤啼不尽，更凭颜色诉西风。（唐·吴融《送杜鹃花》）

山中泉壑暖，幽木寒更花。（北宋·梅尧臣《九月十八日山中见杜鹃花复开》）

这些应与桃李等花的“十月小阳春”现象相同，而不是一年开二季花的特殊种类。

李德裕《平泉草木记》说：“己未岁（唐文宗开成四年，839年）得稽山之四时杜鹃”，记载不知是否可靠。清·劳大与《瓯江逸志》说：

王顺伯为平阳尉，尝于九月诣村野，道间见杜鹃花一本甚高，花开几数千朵，色如渥丹，照人面皆赪。讶其非时，询之土氓，皆云此种只出此山谷，一岁四开，春秋独盛。

这种与近年有人报道，闽北某村落，也有一株四季杜鹃，产地相近，同在浙闽交界区域，因而记载是确实的。

我国西藏、云南、四川三省（区）是杜鹃花分布的中心区，也是世界杜鹃花的发祥地。云南杜鹃花繁盛，四川杜鹃花美丽，早就为人所称颂：

杜鹃花满滇山，尝行环州乡，穿林数十里，花高几盈丈，红云夹舆，疑入紫霄，行弥日方出林。因思此种花若

移植维扬，加以剪裁，收拾蟠屈于琼砌瑶盆，万瓣朱英，叠为锦山，未始不与黄产争胜。（清·檀萃《滇海虞衡志》）

杜鹃有五色双瓣者，永昌蒙化多至二十余种。（《云南志》）

杜鹃花出蜀中者佳，谓之川鹃。（《草花谱》）

第二个杜鹃花分布中心区是菲律宾、印尼和新几内亚。北美和欧洲也产杜鹃花，但种类极少，栽培当然也不多。

鸦片战争后，我国沦为半封建半殖民地，不仅遭受军事侵掠，同时也受到文化侵掠。传教士、植物学者等纷纷深入我国内地，任意采集各种珍贵植物携回本国，甚至极稀有的大树杜鹃，也被锯断树干，拿去陈列在英国博物馆内。

我国多种杜鹃花输入西欧以后，栽培杂交，形成许多新的品种。如英国，18世纪栽培的欧洲杜鹃花，只有10种左右，本世纪初则发展到1000多个种和品种。三四十年代，回输到我国，叫做西洋杜鹃，简称西鹃。这个名称，不免有点数典忘祖，因为它们主要是从我国产的多种杜鹃花培养而成的。西鹃都是小灌木，生活力弱，生长缓慢，需要精心管理。

据传，我国的一种白花杜鹃，唐代就已传入日本。日本从那时起开始栽培杜鹃花，到17世纪已有100多个品种。从19世纪开始，他们利用本国原产的和从我国输入的映山红等种互相交配，培育成许多新的品种，现在已有2000多个种和品种。分别输入我国和欧美，叫做东洋杜鹃，简称东鹃。东鹃为常绿灌木，高可一两米，花小，也叫做小叶小花种。有人把毛叶杜鹃也归入东鹃类，那是常绿或半常绿灌木，体形高大，生活力强，特称大叶大花种。原种有锦绣杜鹃、琉球红等，都原产我国。

杜鹃花以开花时令不同，分为春鹃、夏鹃和春夏鹃三类：春鹃4月先叶开花，如果温室促成，可供春节观赏。夏鹃五六月开花，性喜温暖，春季宜注意霜害。春夏鹃花期长，从4月到6月，花开不绝。

东鹃里面有一种粉红色的“四季之誉”，一年开花两次：春花盛于4月，秋花从9月一直延续到12月，而以11月为最盛。叶片多毛，生性健壮。前面讲过，我国有一种红色的四季杜鹃，可惜尚未推广栽植。

杜鹃花花瓣单复不一，大体可分单瓣、半重瓣和重瓣三类：单瓣与野生种相似，只有一层花冠；半重瓣，花心有少数雄蕊变成细碎的小花瓣；重瓣，多数雄蕊都变成大花瓣。花的大小也可分为三类：大花，花径在8厘米以上；中花，在6厘米以上；小花，在6厘米以下。

花色由浅至深，可分白色、粉色、红色和紫色四大类。白色有微现绿色的，其他三色都有深浅的不同。除了单色以外，更有条纹、斑点、镶边等复色品种。我国产的尚有一些黄色的野生种，除了羊踯躅（黄杜鹃）是有毒植物，不适宜于观赏用外，其他种类，如果能够驯化培养，一定可以育成一些现在所没有的金黄杜鹃、橘红杜鹃、火红杜鹃等等美丽的新品种，为杜鹃花增添新的色彩。这是我国园艺工作者应该而且可能作出的一项贡献。

杜鹃花朵较小，花瓣薄嫩，虽然娇艳，但还不够富丽。又尚无起绒的花瓣，未能有闪耀多变的色彩。与月季花相比，总还稍逊一筹。这也是园艺工作者可以研究的一个课题。

现在栽培杜鹃花的主要城市，首推辽宁省的丹东市，这与敌伪时期，敌人盘踞东北，就近从日本大量输入有关。回顾一下，我国原产的杜鹃花，19世纪开始输往西欧，是在文化侵掠中被掠夺去的；本世纪三四十年代大量回输我国，大部分是随着日本帝国主义的铁蹄一起进来的。现在欣赏杜鹃花，回忆到这些历史陈迹，虽然早已事过境迁，但总令人有些感慨。杜鹃花，过去有“杜鹃啼时花成血”（宋・寇准）的传说，近代又遭受侵掠的劫运，我们不应该满足于那些西鹃和东鹃，而应该如前面已经讲过的，要充分利用我国特有的自然资源，培养创造一些稀有的、新颖的、更娇艳、更富丽、更有观赏价值的新品类，使杜鹃花面目一新，焕发光彩，表现出我国原产的特有的风韵和精神。

葵和向日葵

贾祖璋

向日葵不是我国古代所说的葵。有关葵的种种古代的故事和出典，与向日葵都没有关系，把它们牵扯在一起，可以说是常识性的错误。例如有人这样说：“葵花总是朝着太阳转……古人早就注意到向日葵这种特性，并将它跟信仰联系起来赞颂。《淮南子》曰：‘圣人之于道，犹葵之与日’。”《淮南子》是公元前2世纪的著作，所说的葵并不是向日葵。

“葵之与日”的葵是我国古代一种重要的蔬菜植物，习称为葵菜。又以生长时期不同，分别叫做春葵、秋葵和冬葵。《诗经·豳风》已有“七月烹葵及菽”的记载。北魏贾思勰的《齐民要术》对于葵更有详细的叙述。现在南北各地也还有少量栽培，苗供蔬菜用，种子叫做冬葵子，供药用。

葵是锦葵科植物，与锦葵同属，形性也相似。二年生或一年生草木。苗期叶片蹋地生，初夏抽茎高半米余，互生带圆形呈5～7掌状浅裂的叶片。花小，簇生于叶腋，淡红色。

同科植物，除了锦葵以外，还有蜀葵和秋葵（与葵菜的秋葵同名），也是常见的观赏植物。

《左传·成十七》："仲尼曰：'鲍庄子之智不如葵，葵犹能卫其足。'"所谓"卫其足"，是说葵的叶片能够遮住茎的基部，好像在保护它。植物的叶片总是叶面正对太阳光，以便接受最多的光量，使有利于进行光合作用。像葵这样的植物，茎直立，从下到上，都生叶片，叶片向日倾斜，影子便照到地面，遮住茎的基部。不过，多数植物都是这样，只是古人特别注意到葵的这一习性罢了。

由于葵的叶片总是倾向太阳，古人便认为葵与太阳有特殊的关系。除了前述《淮南子》这一句话以外，后来，曹植也说："若葵藿之倾叶，太阳虽不为之回光，然向之者诚也。"（藿，豆或豆叶）还有杜甫的诗句："葵藿倾太阳，物性固莫夺。"但这里应该注意，曹植说的是"倾叶"。

秋葵也叫黄葵，因为它的花是黄色的。《说文》："黄葵常倾叶向日，不令照其根。"这跟描写葵的习性相同。秋葵花大色美，也就有人注意到它的花的向日性，如下面的诗句：

> 花开能向日，花落委苍苔。（唐·戴叔伦《叹葵花》）
>
> 黄花冷淡无人看，独自倾心向太阳。（宋·刘敓《黄葵》）

旧《辞源》对葵的解释是：

> 蔬类植物，如凫葵、楚葵、凫葵之类。楚葵即芹，凫葵

即茆。又向日葵、蜀葵、秋葵，皆草名；蒲葵，乔木名。

列举7种葵名，单单没有说明葵是怎样一种植物，也就是没有说明葵的本义。其中两种是葵的同类，五种都是虽有葵名，实际并不是葵。

《现代汉语词典》释葵为“指某些开大花的草本植物：锦葵、蜀葵、向日葵”。错误与旧《辞源》相同。而且锦葵花并不大，“开大花……”不能概括这三种“葵”的通性。

新《辞海》对于葵的解释是：

①植物名，即冬葵，为我国古代重要蔬菜之一……

这说明了葵的本义，是正确的。

②俗亦指向日葵、蜀葵等，参见“葵倾”。

“俗亦指……”这样的说法，也比前述二书正确。但葵倾出典在葵，所以“参见‘葵倾’”四字，宜移置①项。《葵倾》条云：“葵花向日而倾，比喻向往渴慕之忱……”这里没有说明“葵倾”原本是指“倾叶”，而“葵花向日而倾”是后起的意义，因而这个解释是不够全面的。

新《辞源》对葵字的释义是：

①菜名。蔬用，子名冬葵子……

这与新《辞海》同样正确。

②菊科草本植物，有锦葵、蜀葵、秋葵、向日葵等。

这是把《现代汉语词典》的“某些开大花的草本植物”改写成为“菊科草本植物”，把原来的逻辑性错误增加一层植物分类学上的科学性、常识性错误，作为一部重要的工具书，未免是一不应有的缺憾。还有“葵心”和“葵倾”条，与新《辞海》的“葵倾”条相同，也解释得不够全面。

旧《辞源》列举的5种不是葵而以葵为名的植物，“楚葵即芹”以及蒲葵应是人所熟知的；向日葵留到后面再谈。这里对兔葵和“凫葵即茆”补充说明一下。

兔葵又叫菟葵，见于《尔雅》。刘禹锡那首“前度刘郎今又来”的《再游玄都观》诗的《引》语中就提到兔葵，他说：“荡然无复一树（指桃花），唯兔葵、燕麦动摇于春风耳。”现代植物学者以毛茛科中一类贴地生的小草为兔葵，与刘禹锡所描述的“动摇于春风”的神韵不甚相符。究竟是怎样一种植物，值得进一步推究。

所谓“凫葵即茆”，茆的名称见于《诗经·鲁颂》的“薄采其茆”。它就是晋代张翰“见秋风起，思吴中菇菜、蓴羹、鲈脍”的蓴菜（莼菜）。蓴菜与葵，形态和生态都没有相似之处，叫它做凫葵，大概是煮熟以后，与葵同样柔滑，而且又是水生之故。

其他以葵为名的植物还有莲葵，与楚葵一样，名称也早见于《尔雅》，在本草书里，又叫它做落葵。蔓生，供蔬菜和药用。防葵，与芹菜同为伞形科植物，形态也相似，供药用。龙葵，茄科有毒植物，也可供药用。

以上各种，都是我国固有的植物，所以古代文献对它们都有记载。而向日葵，是美洲原产的植物，1510年才输入西班牙，作为观赏植物，种植在马德里的植物园里。输入我国，尚未知确定年代。王象晋的《群芳谱》，成书于1621年，他在叙述蜀葵、锦葵等植物以后，附录一则《西番葵》，内容如下：

> 西番葵茎如竹，高丈余。叶似蜀葵而大。花托圆二三尺（？），如莲房而扁，花黄色。子如蓖麻子而扁。孕妇忌经其下，能坠胎。

又在菊花后面，附录一则《丈菊》：

> 丈菊一名西番菊，一名迎阳花。茎长丈余，干坚粗如竹。叶类麻。多直生，虽有傍枝，只生一花，大如盘盂，单瓣色黄。心皆作窠如蜂房状，至秋渐紫黑而坚。取其子种之，甚易生。花有毒，能坠胎。

这两则记载，标题不同，其实讲的都指向日葵。大概那时传入我国时间不久，对它觉得新奇，因此会有“能坠胎”这样神秘的看法。迎阳花一名，可说与向日葵意义相同，但不够通俗，所以没有流行。丈菊和西番菊这两个名称，指出它是菊科植物，是有科学意义的。

60余年后，陈淏子于1688年著《花镜》一书，才最初使用向日葵这个名称：

> 向日葵一名西番葵，高一二丈。叶大于蜀葵，尖狭多刻缺。六月开花，每干顶上只一花，黄瓣大心。其形如盘，随太阳回转：如日东升则花朝东，日中天则花直朝上，日西沉则花朝西。结子最繁，状如蓖麻子而扁。只堪备员，无大意味，但取其随日之异耳。

《广群芳谱》成书于1708年，后于《花镜》20年，却没有采用向日葵这个新的名称。

新《辞源》缺向日葵这一条目，想必是认为旧《辞源》对这一条是采用现代的新资料，不符合“收词止于鸦片战争”的体例，故而把它删了。向日葵现在已成为一种重要的油料作物，有巨大的经济价值。输入我国最迟应在17世纪初年，而“向日葵”这个名称，则在鸦片战争前150多年早就有了。不收这一条目，应是一种疏忽。

再重复一遍，向日葵是17世纪初期输入我国的，在此以前，有关葵的种种记载，都与它无关。我们如果把那些记载转嫁到它身上，那是名物混淆，指鹿为马。至于向日葵花盘大，跟着太阳旋转的现象特别显著，因而给予它一种与葵相同的象征意义，也未尝不可。但这是古义新用，不应误认作就是古代所说的“葵倾”。

第七辑

英雄树木棉

叶灵凤

今年立春立得早，加之早几天的天气又特别燠暖，新年才过，香港的木棉树竟已经开花了。香港人素来相信，只要木棉开了花，天气便不会再冷。尤其是水上人家更相信这征候，他们从前总是以铜锣湾避风塘附近渣甸仓的那棵大木棉树为准，只要树上的花一开，便将仅有的破棉胎卷起来，拿上岸去实行“赶绵羊”了。本来，香港的气候，在阳历二月，即农历的新年头，照例会特别冷几天的，但木棉既然开了花，就是冷也不会冷到怎样了。

香港的木棉，虽不及广州市和西江一带那样的多，但从现在市区附近所残存的株数看来，在从前一定也不少的。香港的木棉树，往来市区最容易见到的，是花园道口圣约翰教堂对面的那几株。大约一共有四五棵，矗立道旁，因为在军营外边，四周又没有其他的杂树，所以特别容易望见。每年开花的时节，如果天气好，映着日光，满树的大红花高撑半天，看起来真如屈大均所说的：“望之如亿万华镫，烧空尽赤。”

木棉古称史侯花，俗称红棉。又因这种树枝干高耸，常常高出附近其他各树之上，所以又有英雄树之称。木棉是先花后叶的，开花时枝上往往还留着隔年的旧叶。花朵的模样很像江浙的辛夷木笔，但是并非紫色而是深红的，六瓣向上，花蕊黄色，在那矫健如龙的枝干上，缀着一朵朵的大红花，样子非常古艳可爱。

木棉花落结子，子英里有棉如柳絮，我们平日枕头坐垫里所用的木棉花，就是这东西。木棉是广东的特产，西江流域一带最多，《广东新语》记叙这一带的木棉花时盛况道：

> 舟自洋河江而上至端州，自南津清岐二口而上至四会，夹岸多是木棉，身长十余丈，直穿古榕而出，千枝万条，如珊瑚琅玕，光气熊熊，映面如赭。其落而随流者又如水灯出没，染波欲红。自仲春至孟夏，连村接野，无处不开，诚天下之丽景也。

屈大均有咏西江两岸的木棉诗云：

> 西江最是木棉多，夹岸珊瑚千万柯；
> 又似烛龙衔十日，照人天半玉颜酡。

木棉花尚有一点值得一提的：它开在树上的时候花瓣向上，花托花蕊比花瓣重，因此从树上落下的时候，在空中仍保持原状，这时六出的花瓣却成了螺旋桨，一路旋转而下，然后啪的一声堕到地上。春日偷闲，站在树旁欣赏大红的落花从半空旋转而下，实在也是浮生一件乐事。木棉花可以入药，能消肿炎，因此落下来的花，即刻就有人拾去了。

夜雨剪春韭

叶灵凤

有人注释杜甫的这句名句“夜雨剪春韭”，认为不是用剪刀到后园里去剪韭菜，而是在下锅炒的时候，将它们剪齐。这真是上海人所说的缠夹二先生的胡缠。韭菜是种一次可以继续采用多次的，因此不便像青菜萝卜一样连根拔起来。又因为太多，不能像葱一样的随手摘几根，所以不用剪刀去剪，便要用小刀去割。江西人的儿歌，就有“剃头刀儿割韭菜，寅时割丁卯时有”之句，形容韭菜愈割长得愈快；陆佃的《埤雅·说韭》，也说韭菜用剪，并且不宜在日中剪，引古谚“触露不掐葵，日中不剪韭”作证。此外，《齐民要术》所载种韭的方法，也一再提到用剪。可见杜老的“夜雨剪春韭”，是深懂园艺生活而又有季节感的写实名句；不能用灶下婢或伙头的观点去曲解它也。

香港的韭菜非常好，又肥又长，韭黄更好。但是香港人平日家常似乎不大吃韭菜，只有吃狗肉的时候才一定要用茼蒿韭菜。平时是连韭菜炒蛋、韭菜豆腐煮烧肉也少吃的。这可便宜了北方人，韭菜包饺子烙饼，韭菜煮豆腐、炒肉丝、炒螺肉。最妙的是炒豆腐，用干锅将豆腐烘得黄黄的，然后弄碎了炒韭菜，干香开胃，实在是一味价廉物美的家常好菜。北方人还懂得腌韭菜，将肥大的韭菜整把的塞在坛子里用盐去腌，不久就可以拿出来切了生吃，别有风味。香港的韭菜又多又便宜，既然本地人不常吃，倒落得让北方人大快朵颐了。

杜甫所说的春韭，其实就是韭黄。北方气候与南方不同，不能像香港这样几乎随时可以买得到韭黄，仅在春天韭菜发芽时才有的。这是真正的韭黄，不是用人工遮掩着阳光烘焙出来的，所以滋味非常甜美，价钱也特别贵。北方人新正吃春卷，最讲究的便要用肉丝炒韭黄作馅。北方的韭黄短茁肥嫩，没有香港的韭黄那么长，是园蔬中的珍品。《山家清供》载，六朝的周颙，清贫寡欲，终年常蔬食。文惠太子问他蔬食何味最胜？他答曰："春初早韭，秋末晚菘。"这可说是对于韭菜最有理解也最有风趣的评价。

古人对于春韭久已尊重。《诗经·豳风》：四之日献羔祭韭。《礼记》也说，庶人春荐韭，配以"卵"，大有用鸡蛋炒韭黄祭祖宗之意。至于《本草》里所载的韭菜医药功用，更是连篇累牍的数不清。

韭菜一名懒人菜，因为只要种一次，就可以割了又长，长了又割。

野百合花

叶灵凤

百合花在西方被认为是圣洁坚贞的象征。所罗门的《雅歌》上说，“他的恋人像山谷的百合花，洁白无瑕”。这种被欧洲人所尊重的百合花，乃是从中国移植过去的。尤其是英国人花园中的百合花，被称为“布隆氏的百合花”的一种，乃是在一百多年前中英通商初期，东印度公司派在广州的英国商人，在广州花地看见这种百合花开得可爱，便将它的球根托商船带回给伦敦的友人。这位友人姓布隆氏，是由他首先将中国的百合在英国种植起来的，因此，后来就称这种百合花为“布隆氏的百合花”。

这种百合花，就是我们在香港常见的那种白色的百合花（百合花也有紫红色的，法国小说家法朗士就有一部小说题作《红百合》，但这种花是以白色为贵重）。有盆栽的，也有野生的，香港的野百合花是受着保护花木法令保护的。这条法令是在一九二五年公布施行，对于十一种香港野花加以保护，禁止采摘或贩卖，第五种便是“布隆氏百合花”。

香港和新界的山上，现在这种野百合已经很繁殖，这都是不许人随意乱摘的收获。在香港方面，扯旗山顶、西高山，都是野百合最多的地方。初夏时候，白色的大花朵从草丛中伸上来，使人老远就能嗅到它们馥郁的清香。

这种野百合花，它们的球根就是我们平日所说的百合，在香港街市上，有时又称为“生百合”或“生白合”，它不仅可以煮成各种的甜食或作菜肴的配料，并且是一种重要的药用植物。百合在我国的食谱和药方上出现，已经有一千多年的历史，它的繁殖区域很广，从两广直至东三省都有。香港人平日不常将百合当作食料，但在北方，尤其在夏季，百合汤和绿豆汤一样，是夏天主要的消夏解暑妙品。就在平日，也将冰糖煮百合当作滋补有益的食物。香港市场上出售的生百合，多数是广东北部南雄一带的产物。

香港的野百合花，约有二尺至四尺高，一茎独生，叶子从下面一路小上去，每一茎可以开花两朵至四朵。它们在春末夏初开花。盛开的时候，花瓣微向后卷，黄色的花蕊伸出花外，每一朵可以阔至七寸。

老榕树

叶灵凤

木棉和榕树，都是南方特产的树木。榕树枝干横出，往往可以阴笼十亩；木棉则一枝挺秀，上耸云霄。因此在木棉开花的春天，时常可以从榕树顶上望见缀着大红花的木棉，高出四周绿阴之上，如鹤立鸡群。这种情形，就是在本港多树木的山坡上，也随时可以发现。

为了这种特性，木棉有英雄树之称。至于榕树，则因了它喜寄生在他种树木之上，起初不过是一小枝，后来逐渐长大，根枝四出，往往将原来所寄生的那棵树包围，使它不见天日，得不到阳光水分，以致枯竭而死，因此有霸王树之称。广东人最喜欢在榕树丛中植一两株木棉，使它们高出榕树之上，形成英雄压倒霸王的场面。

南方人见惯了榕树，不以为奇，可是一个初到这里的北方人，第一次见到榕树，才真够他惊异。他以为是几十棵甚至几百棵小树生在一起，其实仅是一棵大树。那些无数小树，乃是由大树上的根须，从枝上垂下来，钻入土中，长大后便变成一根新树干。这种根须，被称为气根，可以循环生长，使得一棵榕树化成一间屋甚至几间屋那么大，使它本身成为一座树林。广东乡下就有好些地方有老榕树的根枝结成了拱门，可以容行人车马通过，号为榕树门。从前香港利园山上也有一棵著名的大榕树，有人在树枝上装了电灯，将那下垂至地的无数枝根分成一间一间的茶座，成为一间很别致的茶室。可惜随着利园山的铲除，这棵有名的百年老榕树也被砍倒了。

榕树又被广东人当作风水树，往往在扼要的地段植上几株，藉以增加形胜，广大的浓荫就成为乡人聚谈休息的理想地点，因此，就有榕树头讲古的成语出现。香港九龙就有一个地方叫榕树头，也是大众休息游乐的集中地。

榕树的树身虽然大，可是中空不成器材，但也因此免于斧斤，所以时常可以见到百年的老榕树。不过，树身中空了，很容易触雷引火，因此，时常有暴风雨中老榕树被焚的新闻。正因为这样，老榕树“成精”的故事很多。香港从前就传说湾仔妙镜台有一棵老榕树成了精，作怪迷人，后来也在大风雨中给“雷神”劈死了。

大树菠萝

叶灵凤

前几天游大埔的康乐园，在进门的大路旁发现有菠萝树甚多，一共有十余棵，有几棵结实已经大如杧果，这才知道在香港可以见到的菠萝树，除了植物公园的一棵以外，原来这里竟有这许多（植物公园的菠萝树，长在俗称花园仔近坚道的山边）。

菠萝树即菠萝蜜树，所结的果实即菠萝蜜，俗称大树菠萝，与我们所常见常吃的菠萝全然是两种东西。大树菠萝生在高大的菠萝树上，每一个大如西瓜，外壳青绿色，生满了软刺。菠萝则是凤尾梨，南洋人称为黄梨，虽然也有结实很大的，但总是草本像椰菜番茄一样成排种在田里的。俗称菠萝田。外江人没有见过生在田里的菠萝，以为菠萝一定是生在棕榈一类的树上，这实在是误解的。菠萝叶有刺如锯齿，一丛一丛如仙人掌似的生在地上，菠萝就生在正中心，新摘下来的菠萝顶上，每每残留着一丛鸟羽一样的嫩叶，此即“凤尾梨”这名称的由来。

菠萝蜜是佛家的名词，亦称优钵昙。俗传菠萝树不花而实，有时也会开花，但极难见，所以佛经称优钵昙花为难得的盛事。广东的菠萝树，从前以番禺南海神庙前两棵最有名。南海神庙的俗名就称为菠萝庙，庙前的水也名菠萝江。

菠萝蜜的原产地是印度，菠萝庙前这两棵菠萝树，相传是六朝时有外国贡船来到南海，使者携来菠萝子，上岸种植，后来贡船忽然扬帆走了，剩下这个使者，“其人望而悲泣，立化庙左，土人以为神，泥傅肉身祀之，一手加眉际作远瞻状，即达奚司空也”（见《广东新语》）。这座达奚司空泥像，至今仍在，不过已经残破了。至于那两棵古老的菠萝树，因为这许多年不曾去游过菠萝庙，不知现状如何。

南海神庙的菠萝树，相传为岭南所有菠萝树之祖。今日各地所植的菠萝树，都是直接间接从这两棵树分出来的。

菠萝树很高大，叶子有光泽，像是冬青或橘树的叶子。树干有一特点，自根以上周围生着小枝叶。菠萝蜜并非结在树顶上的枝干上，而是结在树身上的那些小枝叶上。有时两三枝结在一起，小时长圆形如小杧果，成熟后可以大如斗，周身有隆起的软刺，古人说它如佛头上的螺髻。子囊像石榴一样的合百数十粒为一球。味道香甜浓郁，肉可以吃，每一粒的子核像栗子一样，也可以吃。

吊钟——香港的新年花

叶灵凤

每逢农历快过年之际，香港的报上照例会出现有人偷斩吊钟的新闻。因为吊钟是香港人过农历新年必备的时花，看得比水仙更为重要，尤其是商家，时常要花几十元甚至百余元买一枝吊钟，将吊钟开花是否繁茂，看作一年生意好坏的兆头。

为什么到了这时候就有人偷斩吊钟呢？这因为野生的吊钟花在本港是受保护野生花木法令保护的。香港人过年所用的吊钟花，全都是由花贩从内地运来的，而这货色必需要等到年宵摊上才有应市。在这以前，如有人想要吊钟花，便只有到山上去偷斩了。

香港和新界的山上，原来有很多的吊钟树。据说从前新界的青山，本港的大潭笃、赤柱、金马伦山，都盛产吊钟。在没有颁布保护野生花木法令以前，吊钟是可以随意采摘的。就因为这样，每届农历过年要斩伐很多的吊钟树，但补充种植的工作却没有人注意，于是香港野生的吊钟树就愈来愈少了。这才在一九一三年七月由港英当局颁布一种特别法令，禁止本港花贩售卖吊钟花，后来又在一九二〇年将这法令的范围修正扩大，改为正式保护野生花木法，将吊钟、杜鹃，以及多种野生的兰花置于法令保护之下，禁止采摘和发售，但自己花园里培植和从香港境外输入的则不在禁止之列。因此，今日香港人过农历新年所用的吊钟花，全要仰给内地的供应了。

吊钟的开花期约在新历的一月半至二月半，因此，农历新年正是它们的盛开时期。广东人过年插吊钟的风俗已经由来很久。屈大均在《广东新语》上说：

> 吊钟花出鼎湖山。此花并木折下，能耐久，腊尽多卖于街，土人市以度岁，取其置瓶中不萎也。

鼎湖山即顶湖山，在肇庆。为什么要说吊钟出鼎湖山呢？据《肇庆府志》载：

> 吊钟花，木本，花红白色，形如钟，皆下垂，无仰口者，簇生叶下。每簇九花，岭南处处有之，惟顶湖山所产，每簇十二花。

在新年被当作吉祥花的吊钟，本以开花恰好合时和花朵多为好兆的，因此，一簇能有十二钟的鼎湖吊钟，便特别被人看重了。

香港在一百多年以前的吊钟花繁盛情形，我们还可以从满清时代出版的《新安县志》上见得到。这书记载着说：

> 吊钟花，树高数尺，枝屈曲伛蹇。正月初，先作花，后开叶。一枝缀数十小钟，色晶莹如玉，杂以红点，邑杯渡山极多。

杯渡山就是青山，因此，我们今日在青山还可以见到有野生的吊钟花。

吊钟花多数是粉红色，仅有少数是白色的。诚如它的名称所示，吊钟花开起来以后，一朵一朵的恰如小钟，每一只仅有半英寸高，一丛一丛地吊着。

吊钟花是先开花后生叶子的。花蕾未开时有鳞状的厚壳包裹，花上有小茎，尖尖的蓓蕾，就从鳞苞里一丛一丛的倒垂下来。花开了以后，新叶才从枝上生出来。新生的吊钟花叶子，几乎像花一样的美丽，颜色从浅绿以至嫩红都有。叶上有一层蜡光，所以看起来几乎像是假的，吊钟花很耐久。通常在农历送灶以后从年宵市场上买回来，插在瓶里，它便一批的开起花来，若是花瓶的质地好，没有火气，会发花，又时常给它换清水，则几乎一直可以养到正月底，还可以从又红又绿的嫩叶丛中欣赏着那一簇一簇吊着的粉红色小钟。

广东旧时的方志上虽说吊钟花以肇庆顶湖山出产的最有名，但那大约指野生的而言。今日香港人过年所买的吊钟，大都来自清远等处，而且都是人工种植的。清远的秦皇山，那一带的乡下旧时便是专门种吊钟发售的。吊钟树本是多年生的小灌木。乡民种植吊钟时，每年在未曾有花蕾以前，事先选定凡是准备在年尾要砍下来出售的花枝，事先施行一种“剥皮”的手续。这就是准备整枝砍下来的那枝干的末端，将树皮剥去一寸左右。据说这作用是防止树叶所吸收的滋养料，不致继续输至树干和树根，这样，这一根枝上的花朵，在年底开花时便会特别茂盛，因而也可以卖得好价钱。

在香港每年从农历十二月二十四日开始的年宵市场上，吊钟是比桃花销路更多更吃香的时花。一扎尚未开花在外行人看来几乎像干柴一样的吊钟，花贩一开口会索价五十元至七八十元不等。但一枝模样端正、花蕾多、没有洒过盐水、保证能及时开放的吊钟，在农历二十八九去买，没有三四十元也是很难买得成的。

第八辑

论树

鹤西

看见人家有文题名“两株树”，讲他所喜欢的乌桕和白杨，在这里我很想仿效。可是我却没有什么顶喜欢的树，我的爱好是无定的，在这个时候我喜欢这棵树，在那个地方我又喜欢那棵树。譬如今年春天，在我从乡下进城的路上，长着一棵很高的榆树，欹斜地生长着，枝叶无多，却半遮着道。一日我城中归来，恰是青钱满树，把枝子都压得弯了，我不觉梦想这树下迎面有一位绿林好汉，而我们的许多买路钱一时都挂在树梢了。但平日我则只喜欢榆钱，落得满院、满阶台都是，未必真有留春之意，其浪费却是好玩。杨柳我也是喜欢的，不仅因春来它发芽最早，夏初的柳絮且可当晴雪。

住在乡下，有时在附近走走，坟地间的树木也有颇可爱的，其一即白杨。像这样的夏天，在它萧萧的叶下，枕着坟头青草一觉午睡，该像是从另一世界里醒来的吧。这附近的坟园，植有虬曲的乔松的很少，有之也仿佛有些严肃相，真是陈死人的树，不好亲近，不像南方青草坟边，亭亭地栽一两棵，空气怡悦，我们可以在旁边玩玩，所谓“抚孤松而盘桓”也。栽柏树大概是最普遍的了，这树有一阵我很不喜欢，但近来却觉得无论冬夏它常是这样憔悴地带有风尘之色，亦正可感。眼下我住的这小院里，两株海棠，一枝枝叶子正茂盛，不久前的一树花全不见了，桃李不言，只着意它那个绿，非身历其境者至此，阵阵落红真个都无主了。隔壁人家院落里一棵洋槐正在着花，微风荡过，也香气隐约。不过在家里或者道旁可供行人休息的地方，似乎还是秋槐为好，虽说是一个梦境，也不可不要这样密的叶子。夏末秋初，白露未晞，黄花铺地，看起来都是颇愉快的，且洋槐少婆娑之致，未足以寄兴，或亦缺点之一也。

雏菊

鹤西

日前提笔我原想写篇雏菊的，却不知怎么倒写起花园来了。在我们院子里，种有几种花，雏菊是其中的一种。记得民国十几年时，童话风行，我也是一个热心的读者，安徒生和Carroll是我最喜爱的。安徒生的童话里讲到花的很多，总之，我有这么一个印象，许多花的名字，我是从童话中学来的，例如地丁、紫罗兰、雏菊、牛蒡、风信子都是。那时并不确知它们是什么样子，只是想象它们一定都很好看，除了天使和公主，世界上最美丽的当无过于这些花草了。

后来我慢慢地认识了它们，老实说，对于牛蒡我是感到有点失望的，它远不如想象的好看，可是现在我已完全记不起它在童话中的地位，或者曾说过些什么话了，我想它应该是一个好心的朴实的人吧。风信子是好看的，但似乎稍华贵一些，最令我喜欢的是雏菊。这花不是中国的原产，雏菊也大约是译名，这个译名确实译得好，我猜想那一个译者，他一定不是凭空撰造的，一定实际看过这个花，才能有这样一个好的译名。

记得好像在那时的童话里，常见的还是延命菊这个名字，我当时的感觉除了仿佛像对于小孩子有一种模糊的祝福意味外，只知道它是种菊花罢了。后来看到这花而喜悦它，而去查它的名字，才知道它的学名是Bellis perennis，意思是，宿根的美花，延命菊的名称，或者就是从宿根取义吧。不过说来也真惭愧，到底它宿根不宿根，我现在也没有弄清楚，因为很容易种，我们总是一年一度地播种。

我称赞雏菊这译名好，也因为译者不是望文生义，它的英名为Daisy，在字源上也只是Day's eye，花是在晚上合起，白天又睁开，并没有细小的意思，可是这植物的确不大，就是长得肥硕的也不过只占有方尺之地吧。叶子长得有点点像车前，在快要开花的时候，你看见在植株的中间先出现一点小小的花蕾，像是个扁圆的扣子，跟着它就抽出花梗来，约三四寸高，在顶上一朵小小的菊花开了，花瓣很细，有时白色，有时带一点粉红，黄黄的花心。这又有什么可爱的呢？

盖我原有些傻气，看花也喜欢花名能代表它的特点，好比水仙、茑萝、夹竹桃、虞美人和绣球花，现在我把一些水仙种在地下，看起来这确乎是一种损失。雏菊真是那么小，如果把菊花比作成人，它们就是些才会说话的小孩子，赏菊我们确实是在看花。可是看雏菊就好像看莲花一样，你不能也不会撇开了它的叶子，它们自然地在一起，所谓如花似叶常相见者也。它们也好像小孩子一样地好亲近。随便栽下去就能生长开花，当它们生长在石畔或草地上时，它们就会被衬托得更好看，同时那些石头和绿叶也像公园中点缀了许多小孩子，显得热闹与活泼得多了。

我也喜欢它们开得相当久，一朵花常常能开上十天半月，若虞美人之艳丽，但只得半日就凋零的，便不免使人想起“荣华诚足贵，亦复可怜伤”的诗句，远不如雏菊之平实而得乐与数晨夕也。因为花开得久，所以花一谢种子也很快就成熟了，种子脱落后的花托也是很好玩的，它总叫我想起吃的东西，像在莲碟上托着一个光圆的糕，若是我还能做一个幼稚的梦，那一定是和一群小天使同分这一块糕了。

木棉

鹤西

我在开远工作了两年，是种木棉，前年回到家，故乡父老都稀奇地问我："你们种的棉花不一样吗？"含意是，要是种棉花，湖北也有的是，何须跑那么远呢？我也就极力形容一番，说我们的棉花只要种一次就可以年年收，和果树一样，而且一年收两回，有你们大门这么高。当时正是他们的棉花才几寸高，我就指着说，你看，要是在云南，我们此刻在收花了。尤其引得他们向往却又想象不出的，是说，我们在冬天，要赶紧收完花好过阴历年，那棉花真是和雪一样的白了。有人就说："你不去弄点种回来种种？"

如今我又重来了。也出乎自己的意料。我们的场地距城十里，我到了的第二天就下乡，等我到田里走了一转回来，我真像一个受了教训的小学生，低首下心，再不敢随便说话了。当我指手画脚描摹那个木棉给别人听时，我何尝不是实有所见呢？它们又何尝不是呼之欲出呢？然而要没有这一个回转，这一个再认识，那我还是等于白种了它了。那我还是只等于做了一个梦，我和乡人的差别只是我曾一度梦见之而已。你可能再度置之手掌之上吗？现在可不怕此地空余黄鹤楼，尽管黄鹤不来，这个楼是永无更改，就是再没有一棵棉花。我也是一无所失了。

这话我想是有欠明白的，我的意思是说，我过去总是种一年生的庄稼，收割完了，地一犁了过来，以前的事就很少什么痕迹可寻了，到得你过了两年再来，你只有自己叹息，在日光之下的劳碌，有什么益处呢？今天这经验在我是第一次：你栽种，你去了，你再来培植它，它也按你的劳力使你得到收获，人生殊不是虚空，未必不会有再来的一天，所以我们要好好下种了。

这木棉的种子我倒是未能弄回我的故乡去种，这里和那里是各有风土之所宜的。我说的木棉，当然还是棉花，不过迟熟，在北地就不免常恐霜霰至了。以前说过的“斑枝花”，广西人也有时叫做木棉，那可并不是棉花，只好作枕头和椅垫用。我们的木棉是接近美棉或者洋棉花的一种，不过开黄花，结桃三个瓣儿，尖尖的，略和中棉一样或大一些，颜色是深绿的。它的特点是绒长，丝头差不多有一寸，所以是长绒棉了。至于它长得像小树，那倒没有什么可稀奇的，地无霜雪，植物得遂其生长罢了。不光是棉花，蓖麻在这里也可以成林，天竺葵和龙舌兰，在北方我们是种在花盆里看看的，在这里，都高与人齐，而龙舌兰开花尤其壮观，一根花柱抽出来有茶杯那么粗，顶上偌大的一簇花，除非你站在楼上是莫想凭而观之了。

我们普通种的棉花，如种在这里，也会变成多年生的，不过因种类不同，没有那么强壮，也可说它们缺少那股木棉的劲儿，所以还是当年就拔掉了。木棉有趣的是它一年开两次花，这也还是环境使然。不仅木棉如此。像刚才说的天竺葵，我的窗外就有一棵，从去年十月到现在已是开了半年的花还不见休歇，蓖麻一年也结子两回，不过大多数植物还是守时刻的，像著名的蒙自石榴，虽然它比在长江一带花期要早两个月，却是一年一度开花结果的，这使你加一番盼望，也就有了另一种欢喜。我因而觉得不劳而获的事，只是偶尔次把还有点好玩，果真常常如此，那人生也就没有丝毫的意义了。然而木棉是会使人终年都感到忙碌的，在我们的记载簿上一年要有两次的试验记录，我常笑着说，在这里，时间是情可珍惜了。

甘蔗

鹤西

开远之地，各样的水果，除了上篇所说的苹果之外差不多都有。虽然龙眼和荔枝，不多也不很好，菠萝也据说是由不远的江外来的。城附近，出产最多的，莫过于香蕉。香蕉或芭蕉，平常栽两棵在院子里，也很美观，可是到大片地种起来，这个蕉林是远不如其他果木之好看的。实在种得最多的还要数甘蔗。

开远和两广一些地方不一样，譬如在柳州，甘蔗就有糖蔗和肉蔗之分，糖蔗是专供榨糖用的，以前是竹蔗居多，后来慢慢地都改种爪哇蔗了。竹蔗只比钓鱼竿粗点，爪哇蔗却粗大得多，这两种都很硬，普通生吃的是另外的肉蔗，在柳州以东泉蔗为最出名，脆、嫩而水多。其他产蔗的地方，情形也大致相似，不过蔗种常处处不同罢了。在开远栽培的甘蔗却只有一种，榨糖的是它，吃的也是它，糖分也还高，而又不太硬，这蔗种是相当好的。如果有人要问我，开远最普遍的水果是什么，我一定要回答是甘蔗。因为种得多，价钱也便宜，还有一样为一般水果所不及的，就是它供应的时间长，一年中七八个月都有买的。有的人或许要提出香蕉来。认为这是开远的代表果品，的确香蕉是不坏，也差不多终年有卖的。不过我住在乡下，我确实知道甘蔗的地位是无可比拟的。

这里三日一圩，当地人称为“着街”，远远近近的人都到城里来日中以为市，到两点以后就慢慢交易而退了。许多人都是几十里外来的，他们裹粮以趋，我们这寨子离城还有十里多点，我时常看到，他们就在我们门外不远的树阴下早餐。极简单的早餐，这多半是朴实刻苦的苗族同胞或者“濮那”人。他们是舍不得在街子上吃一碗“凉米线”了。“凉米线”和“凉卷粉”是云南的大众食品，“米线”就是我家乡的米粉，凉米线就是凉拌米线了，我吃过几次，是在铺子里吃的，还不坏。“凉卷粉”则是摊出来再切开的和米线相似的东西，切成宽条子，像武汉的豆丝，在广西叫做“切粉”，街子天，遍街的吃食摊子差不多都是卖这两样的。我每次看到这中途的早餐者，总不免感到沉郁。

到街子散了，这些人也由原路回来，又经过我们门口，这时他们负载的东西——这里和恩施一样，多用背篓——已经卖出去了，空着手或篓子，人显得轻松得多。在甘蔗上市的时节，十之九，你都会看到背着一根，或几节，或几根甘蔗的人们，有的一边走还一边拿着一根嚼着，在遥远的道途上，这又当了茶水了。

我每每是跟了他们或她们的背影望到山上去，在松林中的土舍下，该有多少小孩子对着要落山的太阳在盼望爸爸和妈妈吧。而一切的爱与欢喜就是这极简单的一根甘蔗了。慢慢地，他们长大了，他们也同样地带甘蔗回来，那是不知已经有多少代人了。我祝福他们，有一天，他们也会带回更大的欢喜。

故乡的花草

鹤西

也许是雪莱，在他流寓国外的时候，写过这样的诗句：

若是在英格兰啊，
现在正是五月。

当然在他所在的地方，那也一样是五月天，然则又何取于英格兰的五月呢？实在不仅是诗人就是我这外邦人，也颇向往于英格兰的五月哩，一连串的词和故事。像May-day，May-flower，May-pole，May-queen，都会浮现到我的眼前来，好像在青草地上出现了五月的花，而又不知不觉这又实在是我故乡的春天哩。在大江两岸，我认为一年的胜景莫过于老年，我尤其喜欢爆竹，到处乡村里，爆竹的烟和气味是醉人的，一切的草木也就仿佛是给这声音把它们从冬天的沉睡里唤醒了，都在要“欠伸”了，小麦和油菜都要站起来了，蚕豆和豌豆都要睁开眼来望望了，物换星移正是在你不知不觉之中，于是草绿了，花开了，所以我常说，江南的春天是爆竹熏出来的。

可是我总是离家时多，二十余年来只在家过过两次年，严格说来还只有一次，那才是由过年又过到春天的。这年我在家送走了一位客人，我深深感到春草碧色送人的美，我一点没有伤感，反而觉得这正在萌发的春草，托着一个人的脚步使她轻软而自得了。这个春天我住在乡下，有机会把做小孩时见过的，认得和不认得的花草再认识了一遍。在乡下，栽花是农民稀有的事，他们更爱树阴，不是陶诗中也只有对于树的咏叹，而缺少对于花的赞美吗？从各地的歌谣看，当然他们不是不懂得花的好看，只是除了小孩子，别人难得都有这样的闲暇，去摘花儿，做柳球了。并且许多野花到处都是，谁耐烦去栽它哩，由它自己开得好看罢了，而看起来又简直和草没有分别。

家乡的野花，我也还略略认识得几种，都是儿时的游伴，现在想起来那时我们确很寂寞，仿佛花是野花，而我们也是些野孩子，大人从不过问我们在一起做什么了，不是他们应该告诉我们，哪一些植物和我们有什么关系吗。这里要说的几种花，我的印象其实也模糊了，我已记不清它们在几月开放，只好笼统地说是春天的花朵吧。其中好像芫花是开得早的，芫花在安陆乡下遍地是，长得不很高，才一尺多高，大约是常常被割的原故。城市里有一种名贵的花叫瑞香，是常绿的植物，叶子上有金边的更好看，芫花就是和瑞香相近的植物，好像遭遇不同的远亲。芫花先花后叶，叶子不像瑞香的光滑也小得多，长有好多的细毛，花和瑞香的一样，紫色，瑞香花一簇地开在一团叶子中间，芫花却开得满枝都是花。我们那里还有白花的，但极少见。这花能作药，我不知道有几种用途，只知道牛要偷吃了麦子和豆子，吃多了，肚子会发胀，这时所用的药里就有芫花。

野花中能做药的多得很，不过花未必一定都好看，有一种是我小时就认识而后来才晓得名字的，那是白头翁。这也是一种观赏的花，有各种的颜色，在我们那里只有野生的，开紫花的一种，它长得很矮，一点不引人注意，你看到它，除了开花的时候，就是开花之后，那披垂的，长长的，像银丝的花柱了，这是个个小孩子都喜欢的，和玉米的胡子一样。还有一种为小孩所喜欢的，却不是花，当然它也开花，不过我没有留心。我喜欢的是它的叶子，长长的叶柄撑起一张缺刻很深而像个圆圆的小伞的叶子，它和菌子一样好看。这在书上叫兔儿伞，我们乡间则习称鬼伞。这名字对于小孩们真是太失望了，我常常想去摘一匹来玩，却总给这名字吓住了，不知是怕摘了有鬼跟着呢，还是怕自己打起也会变了鬼呢，总之是没有敢轻于一试了。自然我也没有看见它旁边有小白兔子，但Carroll如果是中国人，他一定会给阿丽思看见的兔子带这样一把小伞的。

又细小又多的花儿，大约要数地丁了，地丁也开得很早，它的叶子有些像犁头，所以也叫犁头草，开紫色的小花像蝴蝶，这花我在各处都看得到，大约是国内最普遍的野花之一了。不过我们那里却好像没有名字，叫做地丁的却是另外的一种蔷薇科的植物，小孩子叫讹了叫做“爹爹”，和当地称呼祖父一样，实际它就是《救荒本草》上的翻白草，叶子是羽状复叶，边上有锯齿，叶背面长有白毛，翻过来看是白的，簇生于地。开的花黄色，五瓣。我们喜欢它的地下根，挖起来，剥了皮就可以吃。好像清明前后最多，我总记得清明时祖父带了我去上坟，我们就在坟旁边挖“爹爹”吃。虽然心里感到名字又奇怪又好玩，可实在没有一点不敬之意，倒还觉得连叫“爹爹”的草都这么好呵。去年我回家上坟，还挖了一个尝尝，已并不好吃了，但那是无碍于儿时的欢喜的。

哪个乡下的小孩不吃野生的东西和不喜欢吃野生的东西呢？栽秧燕是最普通的，可是那么艳丽的蛇莓，吃不得，在每个小孩的心头，当是第一次感到的美中不足了。在我家的后园里和屋后的山上，有一种小的灌木，我们小孩子喊做“茶花”。它对我的印象挺深，因为就在屋后，我们不知道吃了多少那黄色的花，吃不完的还摘回来玩。后来到北京，看见真正的茶花，我总联想起这花而纳闷于它的名字，那也是这一年住在家里，发现它的名字是锦鸡儿，当下高兴极了，仿佛我读过的植物学，只有这一回才有了真正实用的价值。

第九辑

植物中的钢铁

邓拓

一般人只知道钢铁是最坚硬的一种物质，然而，谁会想起植物中也有同钢铁一样坚硬的东西呢?

当着我们称赞一个英雄的时候，用了“钢铁的英雄”这样高尚的词汇，这是多么激动人心的赞词呀！的确，钢铁是经过千锤百炼而后形成的，它是值得珍视的。但是，我们却不可因此而认为只有钢铁是唯一的最坚硬的东西了。其实，世界上还有比钢铁更坚硬的东西。比如塑料中有的就比钢铁还坚硬。将来尖端科学发展的结果，人们总有一天要大量用塑料来代替钢铁。不过，这是后话，现在暂且不谈它。

这里只想谈一谈植物中的钢铁。它具有与钢铁同样的许多优点，而用处还比钢铁更要多些。

这是什么东西呢?也许有人猜测，这是说的沙漠里的梭梭树，因为它的树干据说连斧头也砍不断；也许有人猜测是其他的什么树木，因为世上还有一些树木的确坚硬得很，有的还可以做机器的零件。但是，我说的都不是这些，而是指的竹子。

竹子的用途极广，它那坚韧顽强的特性尤为难得。我们在南方到处可以看到竹子的房屋、竹子的家具、竹子的船只、竹子的车辆、竹子的绳索、竹子的桥梁等等，近几年有些现代化的大建筑也居然用竹子代替了钢筋。至于竹子可以做斗笠、做鞋、做床铺、做纸以至于当柴烧，更不用说了。这一切事实都是千真万确的，丝毫没有可以引起怀疑的地方。同时，我们还从古墓中挖出了竹制的器物，更加证明竹子即便埋在土里几千年也不会腐朽。

古人把竹子和松树、梅花合称为“岁寒三友”，称颂它们坚贞不屈的性格。按照普通的理解，这三者之中，松树最为倔强，梅花比较孤傲，竹子却很清高。这三者排列的次序是：松、竹、梅，似乎成了定局。但是，我们现在更有理由把竹子列为岁寒三友中的第一名。这是有充足理由的。除了上面说的以外，竹子还有许多比松树更突出的优点。比如说，竹子不像松树那样爱摆大架子，而是平易近人，只要房前屋后有一点空隙，它都可以安之若素，并且一年到头陪伴你而从不变色。它虚心劲节，坚贞不屈。特别使人感动的是，竹子年年生笋给人吃，供给你坐卧行动的各种工具，粉身碎骨地为人服务。这岂不是以最平凡的姿态出现，而做了最不平凡的事情吗?

正因为这样，人们从来对于竹子只有赞美，并无贬抑。历来无数的画家都画竹子，无数的诗人都咏竹子。这完全是理所应当的。如果要引证古来许多著名的画家和诗人关于竹子的作品，那是举不胜举的。但是，这里应该提到最早赞美竹子的诗文。首先是《诗经》《卫风》中的《淇奥篇》，它写道：“瞻彼淇奥，绿竹猗猗；瞻彼淇奥，绿竹青青。”据朱熹等人的注释，猗猗是“美盛之貌”，青青是“坚刚茂密之貌”。这些字眼，都是用来称赞当时在淇水岸旁生长的竹子的。《诗经》中还有其他称赞竹子的诗句，也不必一一列举了。

竹子的生长并不限于南方，在北方同样可以生长，如果稍加培植，它将更容易适应北方的气候，生长将更茂盛，这将大大增加我们的工业和建筑业的原材料来源。

种晚菘的季节

邓拓

我们祖国历史上伟大的爱国诗人——宋代的陆放翁，写过一首小诗，题目是《菘》。原诗写道：

> 雨送寒声满背蓬，如今真是荷锄翁。可怜遇事常迟钝，九月区区种晚菘。

这一首诗不但说明了陆放翁晚年还参加田园中的体力劳动，精神可佩；而且说明了我们目下的季节仍然可以种菜，因为现时正值阴历九月初旬，恰是陆放翁种晚菘的时令啊！虽然北方的气候要比南方冷一些，但是，现在距离下霜的时节还有二十多天，抓紧种菘，长出的苗子壮大起来，就不怕霜冻了。

可是，先要弄清楚，陆放翁种的晚菘，究竟是什么？原来所谓菘，就是北京人说的大白菜。

现在的北京，大白菜已经大量上市了。人们都爱吃大白菜，可是谁也不知道大白菜的原名是什么，就连新出版的《蔬菜栽培学》等书籍，也只记载了“北京白菜”“中国白菜”等名称，说它们是属于十字花科的一种蔬菜。这当然是很不完全的说法。

明代的李时珍在《本草纲目》中所做的介绍，却是比较完全的。他说：“菘即今人呼为白菜者，有二种：一种茎圆厚，微青；一种茎扁薄，而白。其叶皆淡青白色。燕、赵、辽阳、扬州所种者，最肥大而厚，一本有重十余斤者。南方之菘，畦内过冬；北方者多入窖内。燕京圃人，又以马粪入窖壅培，不见风日，长出苗叶，皆嫩黄色，脆美无滓。”

另一个明代的学者王圻，在《三才图会》中也说：“菘菜即白菜，南北皆有之，与芜青相类，但梗短，叶阔厚而肥，味甘温，无毒，主通利肠胃，除胸中烦躁，并解酒渴。”

历来讲述白菜的诗文还有许多，都一致赞美它。例如苏东坡的诗，曾经夸奖大白菜的好处说：“白菘类羔豚，冒土出熊蹯。”他把大白菜比做羔豚、熊蹯，因为它实在太好吃了。范成大的诗集中有《田园杂兴》两首绝句，其一写道：“桑下春蔬绿满畦，菘心青嫩芥苔肥。溪头洗择店头卖，日暮裹盐沽酒归。”又一首写道：“拨雪挑来塌地菘，味如蜜藕更肥浓。朱门肉食无风味，只作寻常菜把供。”这些对于大白菜的歌颂，应该承认都并不过分，我们现在每个人都可以替古人做见证。

为什么把大白菜叫做菘呢？这里头还有一个道理。据宋代大学者陆佃的《埤雅》载：“菘性凌冬不彫，四时长见，有松之操，故其字会意，而本草以为交耐霜雪也。”可见大白菜的性格，原来与松树竟有相似之处，所以它的名字就用松字加个草头。这样一说，我们就觉得它更加可贵了。有的书上还把大白菜的这种性格描写得很突出。比如明代陶宗仪的《辍耕录》中，有一段文字叙述元代末年，江南农民起义时期，扬州的大白菜就表现了特别顽强的生命力。他说：“扬州至正丙申、丁酉间，兵燹之余，城中屋址遍生白菜。大者重十五斤，小者亦不下八、九斤。有膂力人所负才四、五窠耳，亦异哉！”看来当时扬州的大白菜，大概产量也最高，可惜没有人注意把那个时候的种菜经验，好好地记载下来。

北京郊区的农民种植大白菜的经验，现在要算是最丰富的了。不过，有没有一棵大白菜重十五斤的高产纪录，我们还不知道，可能不会没有。至于是不是能在阴历九月再种一茬晚白菜，这恐怕就未必了。我想陆放翁的诗句一定有根据。他既然说九月种晚菘，那末，现在阴历九月初的天气，即便在北方也还没有下霜，难道就不能种吗？显然应该肯定，现在还是种晚菘的季节。

我希望能够联合几位园艺的爱好者，同我一起来做个小小的试验：在自己门前的地边，现在再撒下大白菜的种子，争取在下霜以前再长出一茬白菜。虽然这一批白菜不能长得很大，但是，也很可能还有相当的收获。这样取得一些经验，将会有更多的用处。

一品红

邓拓

目前在首都的许多公共场所的休息室和客厅等处，我们差不多到处可以看见一种鲜红美丽的盆花，像烈火一般射出耀眼的红光，它就是一品红。

一品红，又叫万年红。当着北国严寒的日子，万花凋零，此花独盛，点缀着冰天雪地的整个冬季。一直等到春回人间，群芳争艳的时候，它才完成了任务，悄悄地离开了。这种独特的性格，实在是值得赞赏的啊！

有的植物学书籍上说，一品红原产墨西哥和美洲中部各国。这么说来，似乎中国原来没有这种植物。其实不然。《尔雅》《释草篇》上有“邛钜”之名，据晋代郭璞及汉代郭舍人的注解说：“今药草大戟也。苗名泽漆。近道处处有之。生时摘叶有白汁，故名泽漆也。”又查《本草纲目》载：“大戟，其根辛苦，戟人咽喉，故名。今俚人呼为下马仙，言利人甚速也。”李时珍描写这种植物的特征是：“大戟生平泽甚多，直茎，高二三尺，中空，折之有白浆，叶长狭如柳叶，而不团其梢，叶密攒而上。”

根据这些记载看来，中国古籍上所谓大戟，或邛钜，或泽漆，或下马仙，实际上不就是与一品红同类的植物吗？如果说一品红是从外国传来的，那恐怕是不合事实的吧！

从前商务印书馆出版的《植物学大辞典》写道：“一品红，大戟科，大戟属。木本，培养于温室中。热带产者颇肥大，茎梢之叶呈鲜红色，如花瓣样。叶间攒簇小花。雄花只有一雄蕊，雌花只有一雌蕊。数花间，着生蜜槽，淡黄色，作小杯状。此蜜槽与红叶，俱所以招致昆虫，使为授粉之媒介者也。一品红为我国俗称，日本或名猩猩木。”这一段文字写得还比较妥善。

但是，近来看见有一些别的植物学书籍，却又说一品红“因为开花期恰在圣诞节时，故亦名圣诞树”。这一点恐怕就有问题了。纪念耶稣诞生乃是西方的风俗，而西方人通称的圣诞树，都是指的枞树等松柏科的常绿乔木，不应该把一品红也列为圣诞树之一种。即便西方人编的植物学书籍上有此一说，我们似乎也可以不必抄袭这个名称。

如果用我国固有的名称，我想把一品红叫做“红大戟”，似乎也未尝不可。因为大戟可以有红的、紫的、黄的、白的几种。据五代韩保升的《本草图经》注解，大戟“有黄花者，根似细苦参，皮黄，肉黄白，五月采苗，二月八月采根用”。宋代苏颂的解释是：“大戟春生红芽，渐长，丛高一尺，叶似初生杨柳，小团。三月四月开黄紫花。”明代李时珍也说：“杭州有紫大戟为上，江南土大戟次之，北方绵大戟色白。”由这些注解中可以看出，大戟的颜色确有多种，一品红实际上是一种红色的大戟，如果叫它做红大戟，有什么不可以呢？至于我们已经习惯把它叫做一品红，这个名称当然也不能取消。

而且，一品红的用处也不少。它不但可以供人们观赏，还可以用于医药。按《本草纲目》的记载，大戟的“气味苦寒有小毒”，“主治蛊毒、十二水、腹满、急痛、积聚、中风、皮肤疼痛、吐逆”；又可以治“颈腋痈肿、头痛，发汗，利大小便。”李时珍还说：“大戟能泄脏腑之水湿……唯善用者能收奇功也。”他又说：“大戟味苦濇，浸水，色青绿，肝胆之药也。”这很可以说明大戟的药用价值了。

在《本草纲目》中，我们还可以看到一些以大戟为主药的方子。例如：“水肿、喘急、小便濇及水蛊，大戟炒二两，干姜炮半两，为散。每服三钱，姜汤下，大小便利为度。”又如：“水气肿胀，简便方用大戟烧存性，研末。每空心酒服一钱半。”另外有千金方写道：“中风发热，大戟、苦参四两，白酢浆一斗，煮熟洗之，寒乃止。”药用的大戟是哪一种大戟，虽然这些药方上没有写明，但是看来红大戟也不能例外吧。当然，这类专门问题，要由医师和药物学家去判断，这里所提供的材料，只能作为研究的参考。

一品红既然有这么许多用处，它就更加令人喜爱了。我见过有的画家画它，有的诗人歌颂它，那是完全应该的。今后希望有更多的人注意研究它，并且充分地利用它。

大豆是个宝

邓拓

有几位研究农业科学的朋友在一起谈话，大家兴高采烈地谈到我们伟大的祖国是大豆的原产地，而大豆的全身都是宝，值得大大提倡，多多种植。我非常赞成这几位朋友的意见，并且愿意加以补充和阐述。

大豆的确是我们中国最古的原产作物之一。《诗经·豳风·七月》有一句说："七月烹葵及菽。"《小雅·小宛》又有一句说："中原有菽，庶民采之。"宋代朱熹注曰："菽，豆也。"清代顾炎武在《日知录》中更详细地引证说："战国策张仪说韩王曰：五谷所生，非麦而豆；民之所食，大抵豆饭藿羹。姚宏注曰：史记作饭菽而麦，下文亦作菽。古语但称菽，汉以后方谓之豆。"事实的确是这样。汉以前的典籍中，只称"菽"而不称"豆"，到了汉以后才开始称"豆"。

约在公元一世纪前后，"菽"的种子由中国本部传到西域各地，后来又从西域传到欧洲各国。所以大豆的译名，在俄语里称VcoA，在英语里称为soy，都是"菽之遗"也。

虽然大豆在中国古语中称为“菽”，而“菽”却不仅仅指的大豆。据宋代罗愿在《尔雅翼》中解释：“菽，豆也。其类最多。故凡谷之中居其二。又古人说百谷，以为粱者黍稷之总名，稻者溉种之总名，菽者众豆之总名。”这就证明，不只大豆在古代被称为菽，一切豆类都被称为菽。我们现在特别称赞大豆，意思无非是把它作为豆类的代表罢了。

宋人编的《延年秘录》，有一段文字对大豆备加称赞。这个秘录的编者，根据故老相传的经验，写道：“服食大豆，令人长肌肤，益颜色，填骨髓，加气力，补虚能。”无怪乎历来吃素的佛教徒，用大豆制成各种食品，却有延年益寿的好处。这些足以表明大豆有很高的营养价值。不过，古人缺乏像现代科学一样的分析方法，所以对大豆的营养价值还不能做出准确的说明。

我们现在的农业科学研究机关，对大豆进行化学分析的结果，更加证明大豆含有丰富的营养成分。据说，大豆中含有百分之四十的蛋白质和百分之二十的脂肪。这就比瘦肉、鸡蛋、牛奶等的蛋白质和脂肪的含量，都要多得多了。从蛋白质的含量来说，瘦肉只有百分之一十九点二，鸡蛋只有百分之十四点八，牛奶只有百分之三点二，显然都比不上大豆。从脂肪的含量来说，瘦肉只有百分之十点七，鸡蛋只有百分之十点五，牛奶只有百分之三点五，也都比不上大豆。虽然，植物性蛋白质的生理价值，比动物性蛋白质的生理价值为低，但是，植物性蛋白质所含的、为人体所必需的氨基酸的种类和数量，并非绝对不能改变的。而且，除了大量的蛋白质和脂肪以外，大豆中还有胡萝卜素、硫铵素、核黄素、尼克酸等为人体所必需也最容易吸收的营养素。这更是瘦肉、鸡蛋、牛奶以及其他畜产品所少有的。

我们平常把大豆拿去榨油，主要目的是为了提取它所含的脂肪，殊不知榨油以后的豆饼，仍然保存着很多营养素。据化学分析的结果，豆饼中还有百分之四十二到四十五的蛋白质含量，也还有百分之二点一到七点二的脂肪含量。如果用豆饼催肥“壳郎猪”和饲养乳牛，那是最好不过的。至于用豆饼做肥料，它的肥效更比牲畜粪肥的效能要高得多，这更是人所共知的了。

许多地区的农民，往往还把大豆当做间作和轮作的最好作物。这是因为大豆自身具有一种独特的作用，它能够把空气中游离的氮素固定下来，供应它本身生长和发育的需要，使土壤肥力的消耗量降低，更多地节省地力，对农田大有益处。

大豆的秸秆同样有许多用处。最明显的是把它作为家畜的饲草。据分析，大豆秸的营养价值也比谷子秸、水稻秸、小麦秸都要高。正因为这样，所以北方的牧民们，每年秋收的时候，就大量收集豆叶、豆皮、豆蔓等，留作冬季的主要饲草。至于用大豆秸作青饲草，虽然不如苜蓿草等来得合算，但是它的营养价值却又比苜蓿草等为高，这一点大概也没有疑问。

特别值得重视的，是大豆在工业上的作用。按照专家的估计，用大豆做原料制成的工业品已有约三百种以上，其中包括了化妆用品、医药用品、纺织用品、塑料、胶体以及军需用品等等，将来还有可能在某些方面代替钢铁，它的前途真是不可限量啊！

在我国的广大地区，自然条件基本上都能适合于大豆的生长，各个地区又适合于其他若干豆类的生长。因此，除了其他豆类可以因地制宜广泛种植以外，大豆的种植范围显然有进一步扩大的可能条件，希望各地农业科学家共同努力，多加提倡、试验，并在条件具备的地方适当地加以推广。

楮树的用途

邓拓

山野之中，有一种落叶的乔木，叫做楮树，在我国南方生长茂盛，北方也能生长。但是，过去有许多人认为它不是好木材，不愿意栽培，因此，这种树木似乎越来越少了，这是很可惜的。

楮树除了一些土名以外，在古籍中也叫做榖树。《诗经·小雅·鹤鸣》篇中就有关于楮树的记载，它写道：

> 鹤鸣于九皋，声闻于天；鱼在于渚，或潜在渊。乐彼之园，爰有树檀；其下维榖。它山之石，可以攻玉。

朱熹注云："榖，一名楮，恶木也。"这位道学先生一开口就否定了楮树的价值，未免武断。但是，他总算证明了楮和榖是一物而异名。这一点大概是没有疑问的。据《山海经》记载，我国各处山野都有榖或楮大量生长。汉代许慎的《说文解字》说："榖者楮也。"这更直截了当地肯定了两者是同一个东西。后魏贾思勰的《齐民要术》一书，也做了相同的记载。

那末，为什么有两个名称出现呢？究竟这两者之间有什么区别没有呢？回答却不一样。一种答案是说，由于各地方言不同，所以变成两个名称。如三国陆玑的《毛诗草木鸟兽虫鱼疏》云：“幽州人谓之穀桑，荆扬人谓之穀，中州人谓之楮。”另一种答案说，两者稍有差别。如《本草纲目集解》引苏恭曰：“此有二种。一种皮有斑花文，谓之斑穀，今人用皮为冠者。一种皮白无花，枝叶大相类，但取其叶似葡萄、叶作瓣而有子者为佳。”还有的书上把楮、穀和构树当做同一个东西，那是有待专家研究的问题。我知道的一些旧书上，对构树的种属也有相反的两种记载。穀和构在现代植物学中虽系同科同属，确有不同点。至于穀和楮则是一物而异名，断无可疑。

对于这个问题解释得最明白的是李时珍。他不但说出了两个名称的来源，并且用科学的观点分析了所以产生两个名称的道理。他说：

> 楮穀乃，种也，不必分别，惟辨雌雄耳。雄者皮斑，而叶无椏杈，三月开花成长，穗如柳花状，不结实。歉年人采花食之。雌者皮白而叶有椏杈，亦开碎花，结实如杨梅，半熟时水澡去子，蜜煎作果食。二种树并易生，叶多涩毛。

可见楮树是雌雄异株，雄株与雌株具有不同的特征，所以有的人就把它们起了两种名称。李时珍又说：

楮本作柠，其皮可绩为贮故也。楚人呼乳为彀，其木中白汁如乳，故以名之。

这个解释也很有道理，问题算是解决了。但是，更重要的是李时珍说明了楮树的用途很多，有的简直出乎人们意料之外，过去大家不注意加以利用，所以它有一部分作用就被埋没了。现在我们应该切实加以利用，使它更好地发挥效益。

过去我们只知道楮树皮是造纸的好原料，却没有想到它的树叶、枝、茎、果实、皮下黏液等都是一些非常难得的特效药。

先说树叶，它能治“刺风身痒”；吃嫩叶可以“去四肢风痹、赤白下痢”；把叶子炒熟，研成细末，和面，作饼吃，“主治水痢”。李时珍归纳楮树叶的治疗效果，有以下几种：一、利小便；二、去风湿；三、治肿胀；四、治白浊；五、去疝气；六、治癣疮。这最后一项有人试验过，的确效果很好。

再说枝、茎，它们性质相同，都能治皮肤病。据说患瘾癣的皮肤刺痒难止，可将楮树枝或茎部煮汤洗涤患处，严重的可以全身沐浴，必有奇效。李时珍还说：“捣浓汁，饮半升，治小便不通。”只是这一点还没有试验过，不知道效果如何。

至于说果实，据《本草纲目》列举它的疗效很广，比如说它能治阴痿和水肿，又能益气、充饥、明目，久服不饥、不老、轻身。又说它能壮筋骨、助阳气、补虚劳、健腰膝、益颜色。在这里应该提到晋代葛洪的《抱朴子》中有一段记载：

柠木实赤者服之，老者成少，令人彻视。道士梁须年七十，服之更少壮，到百四十岁，能行及走马。

葛洪的话是否可信，虽然仍有待实验证明，但是，吃楮树的果实，如果服法恰当，对人身大概会有益处的。

最后特别要说一说楮树汁的用途。它的最普通用途是用做浆糊，楮性很好。但是，除此以外，还有更重要的用途。如果你患脚气病，或者长黄水疮及牛皮癣，拿楮树汁来涂擦，一定很快就会好。所以《本草纲目》说它能治疗癣疮，疗效比它的树叶和枝、茎都更快。有一位读者来信说：

有一个夏天，我被脚气缠在家里，全脚都是水泡，奇痒难熬，行动不得。几次就医，都是好而复发。后来涂楮树汁，每天两三次，一礼拜后竟然痊愈了。我把此法推荐给十几个朋友，他们有的患脚气，有的是长癣，也都药到病除。楮树在北京西郊钓鱼台有一些，清华园内到处都有。只要拿一把小刀，将树皮横着割断，就有乳状液体流出，将它涂在患处，最初奇痒钻心，很快就过去了。如果水泡已破，涂擦效果更好。

这个经验是值得重视的，我把这位读者的经验公布出来，有同病者无妨一试。

第十辑

晚秋植物记

孙犁

白蜡树

庭院平台下，有五株白蜡树，五十年代街道搞绿化所植，已有碗口粗。每值晚秋，黄叶飘落，日扫数次不断。余门前一株为雌性，结实如豆荚，因此消耗精力多，其叶黄最早，飘落亦最早，每日早起，几可没足。清扫落叶，为一定之晨课，已三十余年。幼年时，农村练武术者，所持之棍棒，称做白蜡杆。即用此树枝干做成，然眼前树枝颇不直，想用火烤制过。如此，则此树又与历史兵器有关。揭竿而起，殆即此物。

石榴

前数年买石榴一株，植于瓦盆中。树渐大而盆不易，头重脚轻，每遇风，常常倾倒，盆已有裂纹数处，然尚未碎也。

今年左右系以绳索，使之不倾斜。所结果实为酸性，年老不能食，故亦不甚重之。去年结果多，今年休息，只结一小果，南向，得阳光独厚。其色如琥珀珊瑚，晶莹可爱，昨日剪下，置于橱上，以为观赏之资。

丝瓜

我好秋声，每年买蝈蝈一只，挂于纱窗之上，以其鸣叫，能引乡思。每日清晨，赴后院陆家采丝瓜花数枚，以为饲料。

今年心绪不宁，未购养。一日步至后院，见陆家丝瓜花，甚为繁茂，地下萎花亦甚多。主人问何以今年未见来采，我心有所凄凄。陆，女同志，与余同从冀中区进城，亦同时住进此院，今皆衰老，而有旧日感情。

瓜蒌

原为一家一户之庭院，解放后，分给众家众户。这是革命之必然结果。原有之花木山石，破坏糟蹋完毕，乃各占地盘，经营自己之小房屋，小菜园，小花圃，使院中建筑地貌，犬牙交错，形象大变。化整为零，化公为私，盖非一处如此，到处皆然也。工人也好，干部也好，多来自农村，其生活方式，经营思想，无不带有农民习惯，所重者为土地与砖瓦，观庭院中之竞争可知。

我体弱，无力与争。房屋周围之隙地，逐渐为有劳力、有心计者所侵占。唯窗下留有尺寸之地。不甘寂寞，从街头购瓜蒌籽数枚，植之。围以树枝，引以绳索，当年即发蔓结果矣。

幼年时，在乡村小药铺，初见此物。延于墙壁之上，果实垂垂，甚可爱，故首先想到它。当时是独家经营的新品种，同院好花卉者，也竞相种植。

东邻李家，同院中之广种博收者也。好施肥，每日清晨从厕所中掏出大粪，倾于苗圃，不以为脏。从医院要回瓜蒌秧，长势颇壮，绿化了一个方面。他种的瓜蒌，迟迟不结果，其花为白绒状，其叶亦稍不同，众人嘲笑。李家坚信不移，请看来年，而来年如故。一王姓客人过而笑曰：此非瓜蒌，乃天花粉也。药材在根部。此客号称无所不知。

我所植，果实逐年增多，李家仍一个不结。我甚得意，遂去破绳败枝，购置新竹竿搭成高大漂亮架子，使之向空中发展，炫耀于众。出乎意外，今年亦变为李家形状，一个果也没有结出。

幸有一部《本草纲目》，找出查看。好容易才查到瓜蒌条，然亦未得要领，不知其何以有变。是肥料跟不上，还是日光照射不足？是种植几年，就要改种，还是有什么剪枝技术？书上都没有记载。只是长了一些知识：瓜蒌也叫天花粉，并非两种。王客所言，也是只知其一，不知其二。

然我之推理，亦未必全中。阳光如旧并无新的遮蔽。肥料固然施得不多，证之李家，亦未必因此。如非修剪无术，则必是本身退化，需要再播种一次新的种子了。

种植几年，它对我不再是新鲜物，我对它也有些腻烦。现在既不结果，明年想拔去，利用原架，改种葡萄。但书上说拔除甚不易，其根直入地下，有五六尺之深。这又不是我力所能及的了。

灰菜

庭院假山，山石被人拉去，乃变为一座垃圾山。我每日照例登临，有所凭吊。今年，因此院成为脏乱死角，街道不断督促，所属机关，才拨款一千元，雇推土机及汽车，把垃圾运走。光滑几天，不久就又砖头瓦块满地，机关原想在空地种些花木，花钱从郊区买了一车肥料，卸在大门口。除院中有心人运些到自己葡萄架下外，当晚一场大雨，全漂到马路上去了。

有一户用碎砖围了一小片地，扬上一些肥料。不知为什么没有继续经营。雨后野草丛生，其中有名灰菜者，现在长到一人多高，远望如灌木。家乡称此菜为“落绿”，煮熟可作菜。余幼年所常食。其灰可浣衣，胜于其他草木灰。故又名灰菜。生命力特强，在此院房顶上，可以长到几尺高。

菜花

孙犁

每年春天，去年冬季贮存下来的大白菜，都近于干枯了，做饭时，常常只用上面的一些嫩叶，根部一大块就放置在那里。一过清明节，有些菜头就会鼓胀起来，俗话叫做菜怀胎。

慢慢把菜帮剥掉，里面就露出一株连在菜根上的嫩黄菜花，顶上已经布满像一堆小米粒的花蕊。把根部铲平，放在水盆里，安置在书案上，是我书房中的一种开春景观。

菜花，亭亭玉立，明丽自然，淡雅清净。它没有香味，因此也就没有什么异味。色彩单调，因此也就没有斑驳。平常得很，就是这种黄色。但普天之下，除去菜花，再也见不到这种黄色了。

今年春天，因为忙于搬家，整理书籍，没有闲情栽种一株白菜花。去年冬季，小外孙给我抱来了一个大旱萝卜，家乡叫做灯笼红。鲜红可爱，本来想把它雕刻成花篮，撒上小麦种，贮水倒挂，像童年时常做的那样。也因为杂事缠身，胡乱把它埋在一个花盆里了。一开春，它竟一枝独秀，拔出很高的茎子，开了很多的花，还招来不少蜜蜂儿。

这也是一种菜花。它的花，白中略带一点紫色，给人一种清冷的感觉。它的根茎俱在，营养不缺，适于放在院中。正当花开得繁盛之时，被邻家的小孩，揪得七零八落。花的神韵，人的欣赏之情，差不多完全丧失了。

今年春天风大，清明前后，接连几天，刮得天昏地暗，厨房里的光线，尤其不好。有一天，天晴朗了，我发现桌案下面，堆放着蔬菜的地方，有一株白菜花。它不是从菜心那里长出，而是从横放的菜根部长出，像一根老木头长出的直立的新枝。有些花蕾已经开放，耀眼地光明。我高兴极了，把菜帮菜根修了修，放在水盂里。

我的案头，又有一株菜花了。这是天赐之物。

家乡有句歌谣：十里菜花香。在童年，我见到的菜花，不是一株两株，也不是一亩二亩，是一望无边的。春阳照拂，春风吹动，蜂群轰鸣，一片金黄。那不是白菜花，是油菜花。花色同白菜花是一样的。

一九四六年春天，我从延安回到家乡。经过八年抗日战争，父亲已经很见衰老。见我回来了，他当然很高兴，但也很少和我交谈。有一天，他从地里回来，忽然给我说了一句待对的联语：丁香花，百头，千头，萬头。他说完了，也没有叫我去对，只是笑了笑。父亲做了一辈子生意，晚年退休在家，战事期间，照顾一家大小，艰险备尝。对于自己一生挣来的家产，爱护备至，一点也不愿意耗损。那天，是看见地里的油菜长得好，心里高兴，才对我讲起对联的。我没有想到这些，对这副对联，如何对法，也没有兴趣，就只是听着，没有说什么。当时是应该趁老人高兴，和他多谈几句的。

没等油菜结籽，父亲就因为劳动后受寒，得病逝世了。临终，告诉我，把一处闲宅院卖给叔父家，好办理丧事。

现在，我已衰暮，久居城市，故园如梦。面对一株菜花，忽然想起很多往事。往事又像菜花的色味，淡远虚无，不可捉摸，只能引起惆怅。

人的一生，无疑是个大题目。有不少人，竭尽全力，想把它撰写成一篇宏伟的文章。我只能把它写成一篇小文章，一篇像案头菜花一样的散文。菜花也是生命，凡是生命，都可以成为文章的题目。

我的绿色书

孙犁

我自幼喜欢植物，不喜欢动物。进入学校，也是对植物学有兴趣。在我的藏书中，有不少是关于植物的书，如《群芳谱》《广群芳谱》《花镜》《花经》。其中《植物名实图考长编》，是一部大著作；它的姊妹篇，是《植物名实图考》，都是图，白描工笔，比看植物标本，还有味道，就不用说照片了。

我喜欢植物，和我的生活经历有关：我幼年在农村庄稼地里度过，后来又在山林中，游击八年。那时，农村的树木很多，村边，房后，农民都栽树。旧戏有段念白：看前边，黑压压，雾沉沉，不是村庄，便是庙宇。最能形容过去农村树木繁盛的景象。

幼年时，我只有看见农民种植树木，修剪树木的印象，没有看见有人砍伐树木的印象。

“文化大革命”以后，我曾亲眼看到一个花园式庭院毁灭的经过：先是私人，为了私利，把院中名贵的、高大的花木砍伐了；然后是公家，为了方便，把假山、小河，夷为平地，抹上洋灰，使它寸草不生，成了停车场。

在“干校”劳动时，那里是个农场，却看不到一棵成材的树。村边有一棵孤零零的小柳树，我整天为它的前途担心，结果，长到茶杯粗，夜里就叫人砍去，拴栅栏门了。

我的家乡，也不再是村村杨柳围绕，一眼望去，赤地千里，成了无遮拦的光杆村庄。

这是怎么回事？

有人说，这是素质不高；有人说，这是道德欠缺；有人说是因没有文化；有人说是因为穷。

当然，这都是前些年的事，现在的景象如何，我不得而知，因为我已经很久不出门了。

但从楼上往下看，还到处是揪下的柳枝、踏平的草地。藤萝种了多年，爬不到架上去，蔷薇本来长得很好，不知为什么，又被住户铲去了。

有人说这是管理不善；有人说这是法制观念淡薄；有人说，如果是私人的，就不会是这样了。这问题更难说清楚了。

我不知道，我过去走过的山坡、山道，现在的情景如何，恐怕也有很大变化吧！泉水还那样清吗？果子还那样甜吗？花儿还那样红吗？

见不到了，也不想再去打游击了。闭门读书吧。这些植物书，特别是其中的各种植物图，的确给老年人，增添无限安静的感觉。

第十一辑

葡萄月令

汪曾祺

一月，下大雪。

雪静静地下着。果园一片白。听不到一点声音。

葡萄睡在铺着白雪的窖里。

二月里刮春风。

立春后，要刮四十八天“摆条风”。风摆动树的枝条，树醒了，忙忙地把汁液送到全身。树枝软了。树绿了。雪化了，土地是黑的。

黑色的土地里，长出了茵陈蒿。碧绿。

葡萄出窖。

把葡萄窖一锹一锹挖开。挖下的土，堆在四面。葡萄藤露出来了，乌黑的。有的梢头已经绽开了芽苞，吐出指甲大的苍白的小叶。它已经等不及了。

把葡萄藤拉出来，放在松松的湿土上。

不大一会，小叶就变了颜色，叶边发红；——又不大一会，绿了。

三月，葡萄上架。

先得备料。把立柱、横梁、小棍，槐木的、柳木的、杨木的、桦木的，按照树棵大小，分别堆放在旁边。立柱有汤碗口粗的、饭碗口粗的、茶杯口粗的。一棵大葡萄得用八根、十根，乃至十二根立柱。中等的，六根、四根。

先刨坑，竖柱。然后搭横梁，用粗铁丝紧后搭小棍，用细铁丝缚住。

然后，请葡萄上架。把在土里趴了一冬的老藤扛起来，得费一点劲。大的，得四五个人一起来。“起！——起！”哎，它起来了。把它放在葡萄架上，把枝条向三面伸开，像五个指头一样的伸开，扇面似的伸开。然后，用麻筋在小棍上固定住。葡萄藤舒舒展展，凉凉快快地在上面呆着。

上了架，就施肥。在葡萄根的后面，距主干一尺，挖一道半月形的沟，把大粪倒在里面。葡萄上大粪，不用稀释，就这样把原汁大粪倒下去。大棵的，得三四桶。小葡萄，一桶也就够了。

四月，浇水。

挖窖挖出的土，堆在四面，筑成垄，就成一个池子。池里放满了水。葡萄园里水气泱泱，沁人心肺。

葡萄喝起水来是惊人的。它真是在喝口哀！葡萄藤的组织跟别的果树不一样，它里面是一根一根细小的导管。这一点，中国的古人早就发现了。《图经》云：“根苗中空相通。圃人将货之，欲得厚利，暮溉其根，而晨朝水浸子中矣，故俗呼其苗为木通。”“暮溉其根，而晨朝水浸子中矣”，是不对的。葡萄成熟了，就不能再浇水了。再浇，果粒就会涨破。“中空相通”却是很准确的。浇了水，不大一会，它就从根直吸到梢，简直是小孩嘬奶似的拼命往上嘬。浇过了水，你再回来看看吧：梢头切断过的破口，就嗒嗒地往下滴水了。

是一种什么力量使葡萄拼命地往上吸水呢？

施了肥，浇了水，葡萄就使劲抽条、长叶子。真快！原来是几根根枯藤，几天工夫，就变成青枝绿叶的一大片。

五月，浇水，喷药，打梢，掐须。

葡萄一年不知道要喝多少水，别的果树都不这样。别的果树都是刨一个“树碗”，往里浇几担水就得了，没有像它这样的：“漫灌”，整池子的喝。

喷波尔多液。从抽条长叶，一直到坐果成熟，不知道要喷多少次。喷了波尔多液，太阳一晒，葡萄叶子就都变成蓝的了。葡萄抽条，丝毫不知节制，它简直是瞎长！几天工夫，就抽出好长的一节的新条。这样长法还行呀，还结不结果呀？因此，过几天就得给它打一次条。葡萄打条，也用不着什么技巧，一个人就能干，拿起树剪，劈劈啦啦，把新抽出来的一截都给它铰了就得了。一铰，一地的长着新叶的条。

葡萄的卷须，在它还是野生的时候是有用的，好攀附在别的什么树木上。现在，已经有人给它好好地固定在架上了，就一点用也没有了。卷须这东西最耗养分，——凡是作物，都是优先把养分输送到顶端，因此，长出来就给它掐了，长出来就给它掐了。

葡萄的卷须有一点淡淡的甜味。这东西如果腌成咸菜，大概不难吃。

五月中下旬，果树开花了。果园，美极了。梨树开花了，苹果树开花了，葡萄也开花了。

都说梨花像雪，其实苹果花才像雪。雪是厚重的，不是透明的。梨花像什么呢？——梨花的瓣子是月亮做的。

有人说葡萄不开花，哪能呢！只是葡萄花很小，颜色淡黄微绿，不钻进葡萄架是看不出的。而且它开花期很短。很快，就结出了绿豆大的葡萄粒。

六月，浇水、喷药、打条、掐须。

葡萄粒长了一点了，一颗一颗，像绿玻璃料做的纽子。硬的。

葡萄不招虫。葡萄会生病，所以要经常喷波尔多液。但是它不像桃，桃有桃食心虫；梨，梨有梨食心虫。葡萄不用疏虫果。——果园每年疏虫果是要费很多工的。虫果没有用，黑黑的一个半干的球，可是它耗养分呀！所以，要把它“疏”掉。

七月，葡萄“膨大”了。

掐须、打条、喷药，大大地浇一次水。

追一次肥。追硫铵。在原来施粪肥的沟里撒上硫铵。然后，就把沟填平了，把硫铵封在里面。

汉朝是不会追这次肥的，汉朝没有硫铵。

八月，葡萄“着色”。

你别以为我这里是把画家的术语借用来了。不是的。这是果农的语言，他们就叫“着色”。

下过大雨，你来看看葡萄园吧，那叫好看！白的像白玛瑙，红的像红宝石，紫的像紫水晶，黑的像黑玉。一串一串，饱满、磁棒、挺括，璀璨琳琅。你就把《说文解字》里的玉字偏旁的字都搬了来吧，那也不够用呀！

可是你得快来！明天，对不起，你全看不到了。我们要喷波尔多液了。一喷波尔多液，它们的晶莹鲜艳全都没有了，它们蒙上一层蓝兮兮、白糊糊的东西，成了磨砂玻璃。我们不得不这样干。葡萄是吃的，不是看的。我们得保护它。过不两天，就下葡萄了。

一串一串剪下来，把病果、瘪果去掉，妥妥地放在果筐里。果筐满了，盖上盖，要一个棒小伙子跳上去蹦两下，用麻筋缝的筐盖。——新下的果子，不怕压，它很结实，压不坏。倒怕是装不紧，逛里逛当的。那，来回一晃悠，全得烂！葡萄装上车，走了。

去吧，葡萄，让人们吃去吧！

九月的果园像一个生过孩子的少妇，宁静、幸福，而慵懒。我们还给葡萄喷一次波尔多液。哦，下了果子，就不管了？人，总不能这样无情无义吧。

十月，我们有别的农活。我们要去割稻子。葡萄，你愿意怎么长，就怎么长着吧。

十一月，葡萄下架。

把葡萄架拆下来。检查一下，还能再用的，搁在一边。糟朽了的，只好烧火。立柱、横梁、小棍，分别堆垛起来。

剪葡萄条。干脆得很，除了老条，一概剪光。葡萄又成了一个大秃子。

剪下的葡萄条，挑有三个芽眼的，剪成二尺多长的一截，捆起来，放在屋里，准备明春插条。

其余的，连枝带叶，都用竹扫帚扫成一堆，装走了。葡萄园光秃秃。

十一月下旬，十二月上旬，葡萄入窖。

这是个重活。把老本放倒，挖土把它埋起来。要埋得很厚实。外面要用铁锹拍平。这个活不能马虎。都要经过验收，才给记工。

葡萄窖，一个一个长方形的土墩墩。一行一行，整整齐齐地排列着。风一吹，土色发了白。

这真是一年的冬景了。热热闹闹的果园，现在什么颜色都没有了。眼界空阔，一览无余，只剩下发白的黄土。

下雪了。我们踏着碎玻璃碴似的雪，检查葡萄窖，扛着铁锹。

一到冬天，要检查几次。不是怕别的，怕老鼠打了洞。葡萄窖里很暖和，老鼠爱往这里面钻。它倒是暖和了，咱们的葡萄可就受了冷啦！

云南茶花

汪曾祺

很多地方在选市花，这是好事。想一想十年大乱时期，公园都成了菜园，现在真是大不相同了。选市花，说明人们有了闲情逸致。人有闲情逸致，说明国运昌隆。

有些市的市民对市花有不同意见，一时定不下来。昆明的市花是不会有争议的。如果市民投票，一定会一致通过：茶花。几十年前昆明就选过一次（那时别的市还没有选举市花之风）。现在再选，还会维持原议。

云南茶花，——滇茶，久负盛名。

张岱《陶庵梦忆·逍遥楼》云："滇茶故不易得，亦未有老其材八十余年者。朱文懿公逍遥楼滇茶，为陈海樵先生手植，扶疏蓊翳，老而愈茂。诸文孙恐其力不胜葩，岁删其萼盈斛，然所遗落枝头，犹自燔山熠谷焉。"

鲁迅说张岱的文章每多夸张。这一篇看起来也像有些夸张，但并不，而且写得极好，得滇茶之神理。

昆明西山某寺有一棵大茶花。走进山门，越过站着四大金刚的门道，一抬头便看见通红的一大片。是得抬头的，因为茶花非常高大。大雄宝殿前的石坪是很大的，这棵茶花几乎占了石坪的一小半。花皆如汤碗大，一朵一朵，像烧得炽旺的火球。张岱说滇茶“燔山熠谷”，是一点不错的。据说这棵茶花每年能开三百来朵。满树黑绿肥厚的大叶子衬托着，更显得热闹非常。这才真叫作大红大绿。这样的大红大绿显出一种强壮的生命力。华贵之极，却毫不俗气。这是一个夺人眼目的大景致。如果我的同乡人来看了，一定会大叫一声“乖乖咙的咚！”我不知道寺里的和尚是不是也“岁删其萼盈斛”，但是他们是怕这棵茶花负担不起这样多的大花的，便搭了一个杉木的架子，撑着四围的枝条。昆明茶花到处都有，而该寺的这一棵，大概要算最大的。

茶花的好处是花大，色浓，花期长，而树本极能耐久。西山某寺的茶花大概已经不止八十年了。

江西井冈山一带有一个风俗。人家生了孩子，孩子过周岁时，亲戚朋友送礼，礼物上都要放一枝带叶子的油茶。油茶常绿，越冬不凋，而且开了花就结果；茶果未摘，接着就开花。这是取一个吉兆，祝福这孩子活得像油茶一样强健。一个很美的风俗。我不知道油茶和山茶有没有亲属关系，我在思想上是把它们归为一类的。凡茶之类，都很能活。

中国是茶花的故乡。茶花分滇茶、浙茶。浙茶传到日本，又由日本传到美国。现在日本的浙茶比中国的好，美国的比日本的好。只有云南滇茶现在还是世界第一。

前几年，江西山里发现黄茶花，这是国宝。如果栽培成功，是可以换外汇的。

茶花女喜欢戴的是什么茶花？大概不是滇茶，滇茶太大。我想是浙茶。而且无端地觉得，是白的。

腊梅花

汪曾祺

“雪花、冰花、腊梅花……”我的小孙女这一阵老是唱这首儿歌。其实她没有见过真的腊梅花，只是从我画的画上见过。

周紫芝《竹坡诗话》云：“东南之有腊梅，盖自近时始。余为儿童时，犹未之见。元祐间，鲁直诸公方有诗，前此未尝有赋此诗者。政和间，李端叔在姑谿，元夕见之僧舍中，尝作两绝，其后篇云：‘程氏园当尺五天，千金争赏凭朱栏。莫因今日家家有，便作寻常两等看。’观端叔此诗，可以知前日之未尝有也。”看他的意思，腊梅是从北方传到南方去的。但是据我的印象，现在倒是南方多，北方少见，尤其难见到长成大树的。我在颐和园藻鉴堂见过一棵，种在大花盆里，放在楼梯拐角处。因为不是开花的时候，绿叶披纷，没有人注意。和我一起住在藻鉴堂的几个搞剧本的同志，都不认识这是什么。

我的家乡有腊梅花的人家不少。我家的后园有四棵很大的腊梅。这四棵腊梅，从我记事的时候，就已经是那样大了。

很可能是我的曾祖父在世的时候种的。这样大的腊梅，我以后在别处没有见过。主干有汤碗口粗细，并排种在一个砖砌的花台上。这四棵腊梅的花心是紫褐色的，按说这是名种，即所谓“檀心磬口”。腊梅有两种，一种是檀心的，一种是白心的。我的家乡偏重白心的，美其名曰：“冰心腊梅”，而将檀心的贬为“狗心腊梅”。腊梅和狗有什么关系呢？真是毫无道理！因为它是狗心的，我们也就不大看得起它。

不过凭良心说，腊梅是很好看的。其特点是花极多——这也是我们不太珍惜它的原因。物稀则贵，这样多的花，就没有什么稀罕了。每个枝条上都是花，无一空枝。而且长得很密，一朵挨着一朵，挤成了一串。这样大的四棵大腊梅，满树繁花，黄灿灿的吐向冬日的晴空，那样的热热闹闹，而又那样的安安静静，实在是一个不寻常的境界。不过我们已经司空见惯，每年都有一回。每年腊月，我们都要折腊梅花。上树是我的事。腊梅木质疏松，枝条脆弱，上树是有点危险的。不过腊梅多枝杈，便于登踏，而且我年幼身轻，正是“一日上树能千回”的时候，从来也没有掉下来过。我的姐姐在下面指点着：“这枝，这枝！——哎，对了，对了！”我们要的是横斜旁出的几枝，这样的不蠢；要的是几朵半开，多数是骨朵的，这样可以在瓷瓶里养好几天——如果是全开的，几天就谢了。

下雪了，过年了。大年初一，我早早就起来，到后园选摘几枝全是骨朵的腊梅，把骨朵都剥下来，用极细的铜丝——这种铜丝是穿珠花用的，就叫做“花丝”，把这些骨朵穿成插鬓的花。我们县北门的城门口有一家穿珠花的铺子，我放学回家路过，总要钻进去看几个女工怎样穿珠花，我就用她们的办法穿成各式各样的腊梅珠花。我在这些腊梅珠子花当中嵌了几粒天竺果——我家后园的一角有一棵天竺。黄腊梅、红天竺，我到现在还很得意：那是真很好看的。我把这些腊梅珠花送给我的祖母，送给大伯母，送给我的继母。她们梳了头，就插戴起来。然后，互相拜年。我应该当一个工艺美术师的，写什么屁小说！

紫薇

汪曾祺

唐朝人也不是都能认得紫薇花的。《韵语阳秋》卷第十六：“白乐天诗多说别花，如《紫薇花诗》云‘除却微之见应爱，世间少有别花人’……今好事之家，有奇花多矣，所谓别花人，未之见也。鲍溶作《仙檀花诗》寄袁德师侍御，有‘欲求御史更分别’之句，岂谓是邪？”这里所说的“别”是分辨的意思。白居易是能“别”紫薇花的，他写过至少三首关于紫薇的诗。

《韵语阳秋》云：白乐天作中书舍人，入直西省，对紫薇花而有咏曰：“绘编阁下文章静，钟鼓楼中刻漏长。独坐黄昏谁是伴，紫薇花对紫薇郎。”后又云：“紫薇花对紫薇翁，名目虽同貌不同，则此花之珍艳可知矣。”爪其本则枝叶俱动，俗谓之“不耐痒花”。自五月至九月尚烂熳，俗又谓之“百日红”。唐人赋咏，未有及此二事者。本朝梅圣俞时注意此花。一诗赠韩子华，则曰“薄肤痒不胜轻爪，嫩干生宜近禁庐”；一诗赠王景彝，则曰“薄薄嫩肤搔鸟爪，离离碎叶剪城霞”，然皆著不耐痒事，而未有及百日红者。胡文恭在西掖前亦有三诗，其一云："雅当翻药地，繁极曝衣天。"注云："花至七夕犹繁。"似有百日红之意，可见当时此花之盛。省吏相传，咸平中，李昌武自别墅移植于此。晏元献尝作赋题于省中，所谓"得自羊墅，来从召园，有昔日之绛老，无当时之仲文"是也。

对于年轻的读者，需要作一点解释，"紫薇花对紫薇郎"是什么意思。紫薇郎亦作紫微郎，唐代官名，即中书侍郎。《新唐书·百官志二》注："开元元年，改中书省曰紫薇省，中书令曰紫薇令。"白居易曾为中书侍郎，故自称紫薇郎。中书侍郎是要到宫里值班的，独自坐在办公室里，不免有些寂寞，但是这也不是一般人所能谋得到的差事，诗里又透出几分得意。"紫薇花对紫薇郎"，使人觉得有点罗曼蒂克，其实没有。不过你要是有一点罗曼蒂克的联想，也可以。石涛和尚画过一幅紫薇花，题的就是白居易的这首诗。紫薇颜色很娇，画面很美，更易使人产生这是一首情诗的错觉。

从《韵语阳秋》的记载，我们可以知道两件事。一是"爪其本则枝叶俱动"。紫薇的树干的外皮易脱落，露出里面的"嫩肤"，嫩肤上留下外皮脱落后留下的一片一片的青色和白色的云斑。用指甲搔搔树干的嫩肤，确实是会枝叶俱动的。宋朝人叫它"不耐痒花"，现在很多地方叫它"怕痒痒树"或"痒痒树"。这到底是什么道理，好像没有人解释过。二是花期甚长。这是夏天的花。胡文恭说它"繁极曝衣天"，白居易说它"独占芳菲当夏景，不将颜色托春风"。但是它"花至七夕犹繁”。我甚至在飘着小雪的天气，还看见一棵紫薇依然开着仅有的一穗红花！

我家的后园有一棵紫薇。这棵紫薇有年头了，主干有茶杯口粗，高过屋檐。一到放暑假，它开起花来，真是“繁”得不得了。紫薇花是六瓣的，但是花瓣皱缩，瓣边还有很多不规则的缺刻，所以根本分不清它是几瓣，只是碎碎叨叨的一球，当中还射出许多花须、花蕊。一个枝子上有很多朵花。一棵树上有数不清的枝子。真是乱。乱红成阵。乱成一团。简直像一群幼儿园的孩子放开了又高又脆的小嗓子一起乱嚷嚷。在乱哄哄的繁花之间还有很多赶来凑热闹的黑蜂。这种蜂不是普通的蜜蜂，个儿很大，有指头顶那样大，黑的，就是齐白石爱画的那种。我到现在还叫不出这是什么蜂。这种大黑蜂分量很重。它一落在一朵花上，抱住了花须，这一穗花就叫它压得沉了下来。它起翅飞去，花穗才挣回原处，还得哆嗦两下。

大黑蜂不像马蜂那样会做窠。它们也不像马蜂一样地群居，是单个生活的。在人家房檐的椽子下面钻一个圆洞，这就是它的家。我常常看见一个大黑蜂飞回来了，一收翅膀，钻进圆洞，就赶紧用一根细细的帐竿竹子捅进圆洞，来回地拧，它就在洞里嗯嗯地叫。我把竹竿一拔，啪的一声，它就掉到了地上。我赶紧把它捉起来，放进一个玻璃瓶里，盖上盖——瓶盖上用洋钉凿了几个窟窿。瓶子里塞了好些紫薇花。大黑蜂没有受伤，它只是摔晕过去了。过了一会，它缓醒过来了，就在花瓣之间乱爬。大黑蜂生命力很强，能活几天。我老幻想它能在瓶里呆熟了，放它出去，它再飞回来。可是不知什么时候，它仰面朝天，死了。

紫薇原产于中国中部和南部。白居易诗云：“浔阳官舍双高树，兴善僧庭一大丛。何似苏州安置处，花堂栏下月明中。”这些都是偏南的地方。但是北方很早就有了，如长安。北京过去也有，但很少（北京人多不识紫薇）。近年北京大量种植，到处都是。街心花园几乎都有。选择这种花木来美化城市环境是很有道理的，因为它花繁盛，颜色多（多为胭脂红，也有紫色和白色的），花期长。但是似乎生长得很慢。密云水库大坝下的通道两侧，隔不远就有一棵紫薇。我每年夏天要到密云开一次会，年年到坝下散步，都看到这些紫薇。看了四年，它们好像还是那样大。比起北京雨后春笋一样耸立起来的高楼，北京的花木的生长就显得更慢。因此，对花木要倍加爱惜。

北京的秋花

汪曾祺

桂花

桂花以多为胜。《红楼梦》薛蟠的老婆夏金桂家“单有几十顷地种桂花”，人称“桂花夏家”。“几十顷地种桂花”，真是一个大观！四川新都桂花甚多。杨升庵祠在桂湖，环湖植桂花，自山坡至水湄，层层叠叠，都是桂花。我到新都谒升庵祠，曾作诗：

桂湖老桂发新枝，
湖上升庵旧有祠。
一种风流谁得似，
状元词曲罪臣诗。

杨升庵是才子，以一甲一名中进士，著作有七十种。他因“议大礼”获罪，充军云南，七十余岁，客死于永昌。陈老莲曾画过他的像，“醉则簪花满头”，面色酡红，是喝醉了的样子。从陈老莲的画像看，升庵是个高个儿的胖子。但陈老莲恐怕是凭想象画的，未必即像升庵。新都人为他在桂湖建祠，升庵死若有知，亦当欣慰。

北京桂花不多，且无大树。颐和园有几棵，没有什么人注意。我曾在藻鉴堂小住，楼道里有两棵桂花，是种在盆里的，不到一人高！

我建议北京多种一点桂花。桂花美阴，叶坚厚，入冬不凋。开花极香浓，干制可以做元宵馅、年糕。既有观赏价值，也有经济价值，何乐而不为呢？

菊花

秋季广交会上摆了很多盆菊花。广交会结束了，菊花还没有完全开残。有一个日本商人问管理人员：“这些花你们打算怎么处理？”答云：“扔了！”——“别扔，我买。”他给了一点钱，把开得还正盛的菊花全部包了，订了一架飞机，把菊花从广州空运到日本，张贴了很大的海报：“中国菊展。”卖门票，参观的人很多。他捞了一大笔钱。这件事叫我有两点感想：一是日本商人真有商业头脑，任何赚钱的机会都不放过，我们的管理人员是老爷，到手的钱也抓不住。二是中国的菊花好，能得到日本人的赞赏。

中国人长于艺菊，不知始于何年，全国有几个城市的菊花都负盛名，如扬州、镇江、合肥，黄河以北，当以北京为最。

菊花品种甚多，在众多的花卉中也许是最多的。

首先，有各种颜色。最初的菊大概只有黄色的。“鞠有黄华”“零落黄花满地金”，“黄华”和菊花是同义词。后来就发展到什么颜色都有了。黄色的、白色的、紫的、红的、粉的，都有。挪威的散文家别伦·别尔生说各种花里只有菊花有绿色的，也不尽然，牡丹、芍药、月季都有绿的，但像绿菊那样绿得像初新的嫩蚕豆那样，确乎是没有。我几年前回乡，在公园里看到一盆绿菊，花大盈尺。

其次，花瓣形状多样，有平瓣的、卷瓣的、管状瓣的。在镇江焦山见过一盆“十丈珠帘”，细长的管瓣下垂到地，说“十丈”当然不会，但三四尺是有的。

北京菊花和南方的差不多，狮子头、蟹爪、小鹅、金背大红……南北皆相似，有的连名字也相同。如一种浅红的瓣，极细而卷曲如一头乱发的，上海人叫它“懒梳妆”，北京人也叫它“懒梳妆”，因为得其神韵。

有些南方菊种北京少见。扬州人重“晓色”，谓其色如初日晓云，北京似没有。“十丈珠帘”，我在北京没见过。“枫叶芦花”，紫平瓣，有白色斑点，也没有见过。

我在北京见过的最好的菊花是在老舍先生家里。老舍先生每年要请北京市文联、文化局的干部到他家聚聚，一次是腊月，老舍先生的生日（我记得是腊月二十三）；一次是重阳节左右，赏菊。老舍先生的哥哥很会莳弄菊花。花很鲜艳；菜有北京特点（如芝麻酱炖黄花鱼、“盒子菜”）；酒“敞开供应”，既醉既饱，至今不忘。

我不赞成搞菊山菊海，让菊花都按部就班，排排坐，或挤成一堆，闹闹嚷嚷。菊花还是得一棵一棵地看，一朵一朵地看。更不赞成把菊花缚扎成龙、成狮子，这简直是糟蹋了菊花。

秋葵·鸡冠·凤仙·秋海棠

秋葵我在北京没有见过，想来是有的。秋葵是很好种的，在篱落、石缝间随便丢几个种子，即可开花。或不烦人种，也能自己开落。花瓣大、花浅黄，淡得近乎没有颜色，瓣有细脉，瓣内侧近花心处有紫色斑。秋葵风致楚楚，自甘寂寞。不知道为什么，秋葵让我想起女道士。秋葵亦名鸡脚葵，以其叶似鸡爪。

我在家乡县委招待所见一大丛鸡冠花，高过人头，花大如扫地笤帚，颜色深得吓人一跳。北京鸡冠花未见有如此之粗野者。

凤仙花可染指甲，故又名指甲花。凤仙花捣烂，少入矾，敷于指尖，即以凤仙叶裹之，隔一夜，指甲即红。凤仙花茎可长得很粗，湖南人或以入臭坛腌渍，以佐粥，味似臭苋菜秆。

秋海棠北京甚多，齐白石喜画之。齐白石所画，花梗颇长，这在我家那里叫做“灵芝海棠”。诸花多为五瓣，惟秋海棠为四瓣。北京有银星海棠，大叶甚坚厚，上洒银星，秆亦高壮，简直近似木本。我对这种孙二娘似的海棠不大感兴趣。我所不忘的秋海棠总是伶仃瘦弱的。我的生母得了肺病，怕“过人”——传染别人，独自卧病，在一座偏房里，我们都叫那间小屋为“小房”。她不让人去看她，我的保姆要抱我去让她看看，她也不同意。因此我对我的母亲毫无印象。她死后，这间“小房”成了堆放她的嫁妆的储藏室，成年锁着。我的继母偶尔打开，取一两件东西，我也跟了进去。“小房”外面有一个小天井，靠墙有一个秋叶形的小花坛，不知道是谁种了两三棵秋海棠，也没有人管它，它在秋天竟也开花。花色苍白，样子很可怜。不论在哪里，我每看到秋海棠，总要想起我的母亲。

黄栌·爬山虎

霜叶红于二月花。西山红叶是黄栌，不是枫树。我觉得不妨种一点枫树，这样颜色更丰富些。日本枫娇红可爱，可以引进。

近年北京种了很多爬山虎，入秋，爬山虎叶转红。

沿街的爬山虎红了，

北京的秋意浓了。

第十二辑

海棠

邓云乡

《红楼梦》中写怡红院，写了一株海棠，名叫“女儿棠”，说是有闺阁风度。又配了一株芭蕉，蕉、棠映照，就显现了“怡红快绿”的境界。同书中又写了作诗兴诗社，因了两盆白海棠，故名“海棠社”。一个是春天开花的木本海棠，一个是秋天开花的草本海棠，又叫“秋海棠”。过去人说中国地图，像一张秋海棠叶子，因之有人从小说改编成为话剧的《秋海棠》，当年演出时，曾轰动南北。

曹雪芹写《红楼梦》，为什么在这样重要的地方，都突出了海棠，目的何在？是有心还是无心，这且不去管它。但使读书人，即对花木不大注意的读书人，却容易弄混了，以为是一种呢。

海棠的种类很多，木本中有四大类，即贴梗海棠、垂丝海棠、西府海棠、木瓜海棠。花色有大红、粉红、粉白，花瓣有单瓣、重瓣。秋海棠草本，也有许多种，四季海棠、竹节海棠、斑叶海棠、毛叶海棠等。秋海棠还有别名曰“相思草”“断肠花”。据《花镜》所载，秋海棠一般红色、嫩红色。而变种也有黄、白二色。所以贾芸弄到两盆“白色海棠”孝敬宝玉，也只是比较少见而已，并不十分稀奇。

木本海棠四大品种，在植物学中，还不同属。如贴梗海棠，属蔷薇科木瓜属；而西府海棠，则是蔷薇科苹果属；至于垂丝海棠，则是把海棠接在樱桃树上，接枝而成，本身并不是一独立品种。四种海棠，贴梗开花最早。而最美丽娇艳的，还要属垂丝和西府二种。《花镜》中述西府海棠云：“二月开花，五出，初如胭脂点点然，及开，则渐成缬晕明霞，落则有若宿妆淡粉。”

其述垂丝海棠云：“其瓣丛密而色娇媚，重英向下，有若小莲，微逊西府一筹耳。”

两点说的都很简明扼要，因为海棠之美，一在于花色娇嫩，像少女之唇色、脸色，红中有白，白中有红，不胜娇羞。二是开花是一簇簇的，三五朵一簇，三五朵一簇，密缀枝头，开得十分繁。比之于日本樱花，繁密虽不及，但其娇红颜色，远远过之。当其盛开时，用“云蒸霞蔚”形容之，一点也不过分。儿时住在北京苏园，在其园中花厅前，有两大株西府海棠，年年着花真是繁茂，一树嫩红，是任何桃花、杏花、李花等无法比拟的。秋天还要好看，一簇簇的海棠果，满满一树，把枝条都压弯了。

海棠各地都有，但北京人特别喜欢种，而且明、清两代，见诸文人著述的名海棠也实在多。清人龚定庵有《西郊落花歌》，就是咏海棠的，前有《小序》云：“出丰宜门一里，海棠大十围者八九十本，花时车马太盛，未尝过也。三月二十六日，大风，明日风少定……出城而有此作。”形容落花云：

如钱塘潮夜澎湃，如昆阳战晨披靡，如八万四千天女洗脸罢，齐向此地倾胭脂……又闻净土落花深四寸，冥目观想尤神思。

看这海棠花的气势，在定庵笔下，完全不是女儿神态了。所说“大十围者八九十本”，或有夸大处，但海棠可长成大树，我在北京虎坊桥晋阳饭庄（即纪晓岚阅微草堂故址）看到的二三百年的老海棠，也近三层楼高，相当可观了。

海棠产地最著名的是四川，宋沈立著《海棠百咏》，第一首就写道：“岷蜀地千里，海棠花独妍；万株佳丽国，二月艳阳天。”

海棠是春花，故诗中说：“二月艳阳天。”而事实上在四川，海棠春天开过后，秋天还要开花。有一年十月中旬在四川拍完外景，在成都去逛草堂公园，见园西面小河两旁，全是海棠，正在着花，虽不及春花繁多，但招展枝头，也相当可观。使我这个外乡人大饱眼福。

四川到处是海棠，而杜甫在四川多年，诗中却无吟海棠者，晚唐郑谷《蜀中赏海棠》云：“子美无情为发扬”，可知当非佚失。于是好事者说杜甫母亲名海棠，所以不咏海棠。这是宋人王禹偁《诗话》中所记。本是很无聊的传说：李笠翁毕竟是通人，予以驳斥道：“然恐子美即善吟，亦不能物物吟到，一诗偶遗即使后人议及父母，甚矣才子之难为也。”

吟诗并不是编目录，编图谱，吟什么，不吟什么，全是一时兴会，哪能以此来论诗呢？

再有海棠无香，也是文人学士争议不休的。与鲥鱼多刺、金桔味酸，莼菜性寒、曾巩不能诗列为五大憾事。宋沈立《海棠记》还解释道：“嘉州色香并胜，大足治中旧有香云阁，号曰海棠香国。”

嘉州就是乐山，大足是其属县，都在四川。可惜我去乐山在夏天，没有赶上海棠花期，未能闻闻海棠香，十分遗憾。而李笠翁也有不同的议论。他说：“然吾又谓海棠不尽无香，香在隐约之间，又不幸不为色掩。如人生有二技，一技稍粗，则为精者所隐；一技太长，则六艺皆通，悉为人所不道……吾欲证前人有色无香之说，执海棠之初放者嗅之，另有一种清芬，利于缓咀，而不宜于猛嗅。使尽无香，则蜂蝶过门不入矣。何以郑谷《咏海棠》诗云：‘朝醉暮吟看不足，羡他蝴蝶宿深枝。’有香无香，当以蝶之去留为证。”

这段话说的既通达、又科学，而且还经过自己调查研究。看来海棠是有点香味的，不过比较淡，人闻不大到，只有敏感的蝴蝶才能闻到。

唐李德裕《平泉花木记》说：“凡花木以海名者，悉从海外来，如海棠之类是也。”但是不少书中说，海棠产生中国，而唐代四川便多海棠。是什么时候由海外传来为什么西蜀独多呢？谁也说不清，纵使来自海外，也是很古老的事了。

秋海棠草本，颜色也是嫩红，四个花瓣。大大的叶子，矮矮的枝干，花开娇艳异常，人说有如美人倦妆，性喜阴湿，不需肥料，是一种很易栽种的宿根草本花卉。一般也无香，而定州、昌州品种有香。李渔《闲情偶寄》评秋海棠云：

> 较春花更媚……春花肖美人之已嫁者，秋花肖美人之待年者；春花肖美人之绰约可爱者，秋花肖美人之纤弱可怜者。处子之可怜，少妇之可爱，必将娶怜而割爱矣。相传秋海棠初无是花，因女子怀人不至，涕泣洒地，遂生此花，故名为“断肠花”……

如以《红楼》中人比拟；或薛宝钗可比西府海棠、林黛玉可比秋海棠乎？

芍药

邓云乡

芍药是草本的，开花同牡丹一样富丽，但比牡丹晚几天。按次序是牡丹开过看芍药。江南是谷雨三朝看牡丹，大约七八天后芍药也就开了。北京中山公园花期表是五月一日各色牡丹开，五月十九日各色芍药开。而江南花期要早十天到半月。实际上二者是衔接的。迟开的牡丹残了，早开的芍药已一朵两朵含苞欲放了。如间种在花畦中，猛一看是分不清的。只是草本木本不同，叶子也不一样。

芍药开在春末夏初之间，因而又名“婪尾春”。古人别离的时候送花送芍药，因之又名“将离”，又名“余容”。最早是草药，《诗经》有“赠之以芍药”句。陆玑《毛诗草木鸟兽虫鱼注疏》道：“芍药，今药草。芍药无香气，非是也。未审今何草。司马相如赋云：芍药之和。扬雄赋云：甘甜之和，芍药之美，七十食也。”

李时珍《本草纲目》记芍药别名又有犁食、白术、蜓。又曰白者名金芍药，赤者名木芍药。但木芍药又是牡丹的别名。

因而容易混淆。又说：“芍药”二字是“绰约”的一音之转，是美好的意思。“此草花容绰约，故以为名。”芍药原野生在丘陵地带，后来移植人家，处处都有。淮南所产最好，春生红芽作丛，茎上三枝五叶，似牡丹而狭长，高一二尺，夏初开花，有红、白、紫数种。崔豹《古今注》说，芍药有二种，有草芍药、木芍药。木者花大而色深，俗呼为牡丹。而有的书中说不是。但今天我们常见的只是草本的芍药、木本的牡丹，并不再有什么“木芍药”存在。李时珍说：“昔人言洛阳牡丹、扬州芍药甲天下。今药中所用，亦多取扬州者。”自宋朝以来，扬州芍药就很出名。扬州有很有名的芍药故事，就是“金带围”，又名“金缠腰”，见沈括《梦溪补笔谈》，说是韩琦当年以资政殿学士到淮南作长官，一天后园中芍药一杆分为四枝，各开一朵上下红、中间一条黄的名花，十分艳丽，就请四个客人一同赏花。这四个客人都是青年朝官，正好路过扬州，都来参加宴会，这四个人后来都做了宰相，其中一位就是大名鼎鼎的王安石。

自此芍药中的“金带围”成了十分名贵的品种，北京中山公园广种芍药，有三千多丛，以上下瓣粉红、中间一圈有数十黄瓣的“金带围”列为群花之首。并有故事，据《中山公园纪念册》记云：

> 民国八年本园贺董事雪航、阚董事霍初由朝鲜釜山中华领事馆移来。据辛领事宝慈云：在釜山时，花大径尺，与《群芳谱》所记宋花相合。惟以土脉关系，艺者久未得

其性，故花之大终未能如辛领事所云云。

据此可知，这名贵的“金带围”芍药，不但中国有此品种，外国也有此品种了。

宋王观写过一本《芍药谱》，另外刘放也写过一本《芍药谱》。芍药的品种和牡丹一样，同样也是越变越多，实际都是人工培育的。王观《芍药谱》中说：

> 今洛阳之牡丹，维扬之芍药，受天地之气以生，而大小浅深，一随人力之工拙而移其天地所生之性，故奇容异色，间出于人间。

这就是说明人工培育，品种越来越多。在王观作《芍药谱》时，最有名的龙兴寺，后来是朱家南北圃，种了有五六万株。

《花镜》一书中，把芍药列在花草类第一品，所列品名，黄色者十八品，有御袍黄、袁黄冠子、黄都胜、道妆黄、缕金囊、峡石黄、妒鹅黄等名称。金带围也在黄色品种中。深红色二十五品，有冠群芳、尽天工、赛群芒、醉娇红、簇红丝等品名。粉红色十七品，有醉西施、淡妆匀、怨春红、妒娇红、含欢芳等品种。尚有紫色十四品，白色十四品，共计八十八种。

过去人称牡丹为“花王”、称芍药为“花相”，似乎是“相”要听命于“王”。李笠翁在其《闲情偶寄》中，大为芍药叫冤云：“冤者……虽别尊卑，亦当在五等诸侯之列，岂王之下、相之上，遂无一位一坐、可备酬功之用者哉？历翻种植之书，非云花似牡丹而狭，则曰子似牡丹而小，由是观之，前人评品之法，或由皮相而得之。噫！人之贵贱美恶，可以长短肥瘦论乎？每于花时奠酒，必作温语慰之日：汝非相材也。前人无识，谬署此名，花神有灵，付之勿较，呼牛呼马，听之而已。”

中国是一个自古讲级别的国家，有“王”就得有“相”，花也不例外，不过现在还没有明确牡丹、芍药是哪一级待遇。

明、清以来北京丰台草桥的芍药最多，乾隆时潘荣陛《帝京岁时纪胜》专门有一篇题为《丰台芍药》的短文云：

> 京都花木之盛，惟丰台芍药甲于天下。旧传扬州刘贡父谱三十一品，孔常父谱三十三品，王通叟谱三十九品，亦云瑰丽之观矣。今扬州遗种绝少，而京师丰台，于四月间连畦接畛，倚担市者日万茎。游览之人，轮毂相望。惜无好事者图而谱之，如宫锦红、醉仙颜、白玉带、醉杨妃等类，虽重楼牡丹亦难为比。

书中所记，某些品种的芍药，比重瓣牡丹还要好看了。实际上也是如此，在某种程度，芍药比牡丹还好，因为它是草本宿根，比较容易种，长得特别茂盛，北京旧时都是折枝卖，十分便宜。近人《燕京岁时记》云：“芍药乃丰台所产，一望弥涯。四月花含苞时，折枝售卖，遍历城坊，有杨妃、傻白诸名色。是二花者，最为应序，虽加以煻煴之力，不能易候而开，是亦花中之强项令矣。”

牡丹可以人工改变花期，芍药却不能。在花品上，这点似乎又比牡丹高一筹了。

牡丹

邓云乡

牡丹的别名叫“木芍药”，芍药的别名叫“草牡丹”，造化装点人间，那样的多彩，在树木中创造了牡丹，在草中又创造了芍药，一样的美丽花朵，而根、株、叶却又不同，且有本质之异，说来与草与木，都可谓十分公允了。

说到牡丹，不由地想起小时候读熟的《爱莲说》，文章一开头就写道：“晋陶渊明独爱菊，自李唐以来，世人甚爱牡丹，余独爱莲之出淤泥而不染……”因此最后得出结论：菊花，隐逸者也；牡丹，富贵者也；莲花，君子者也。这个结论十分形象，遂成为社会公认的结论，一提牡丹，便是富贵花了。其实人世间富贵自富贵，牡丹自牡丹，二者本无关系，被文人学士把它们拉在一起来了。富贵现在似乎已不是什么坏事了，但对一般人说来，也只是羡慕而已。而牡丹的确是花中最丰满美丽的，又号“花中之王”，别的花无法与它相比，牡丹一般种在地上，扎根在这不算太小的地球上，才能长得好。盆栽牡丹是很少见的。因此住惯楼房、脚下无立锥之地的人，是无法种牡丹的，只好在牡丹开时，花点钱到公园中看看而已。这也像看人家又富又贵一样，一切花团锦簇，只是看看而已，孔夫子说："富而可求也，虽执鞭之士，吾亦为之。"实际这同阿Q精神是一致的。因为执鞭之士，又岂是容易弄得到的，第一干不来，第二也找不到那份工作。现在脑体劳动的收入倒挂，但书呆子们又哪里能有本领来开出租汽车呢？此孔老夫子的感慨直至今天尚有同病相怜者也。春天时花些钱买张公园门票看看牡丹，过过富贵瘾吧。面对牡丹，坐在边上，把眼睛闭上，神游今古，你便可以片刻之间变成沉香亭畔的唐明皇了。当然你还得预先学点历史，或者把李白的《清平乐》三章背熟了，不然，你这一点富贵的幻觉也得不到。

笑话少说，还说牡丹本身吧。如要收集资料，把各种有关牡丹的自然科学和人文科学的资料全部汇集起来，或者可以编成一部三五十万字的大书，因为它的历史既悠久，资料太丰富了。在这篇短文中是自然无法说清的，只能极简单介绍一些：

牡丹原产我国北部，是一种十分耐寒的花木，现在陕北山中尚多野生，前见新闻，在内蒙古某地，尚有一株百年牡丹，年年生长茂盛，着花繁多。这样冬天零下三十度的北国，能生长这样富贵的花，正说明了这花的抗寒的可贵。在植物分类中，它属毛茛科，灌木。除"花王""富贵花"之外，尚有"鹿韭""百两金"等名。

牡丹唐代盛栽于长安，据段成式《酉阳杂俎》记载，隋朝尚无种牡丹的。开元末，裴士淹为郎官，出使幽州、冀州，在汾州众香寺中得白牡丹一株，植于长安私第，天宝中，为都下奇赏。不少名人曾写了《裴给事宅看牡丹》诗，有一诗云：“长安年少惜春残，争认慈恩紫牡丹。别有玉盘乘露冷，无人起就月中看。”这时也正是唐明皇、杨贵妃在沉香亭畔赏牡丹、宣李太白进宫写《清平调》三章的时候。可见当时名寺慈恩寺、大官私宅及宫廷内苑都种了牡丹，以为一时时尚，牡丹真是代表富贵的花了。同书还记载：兴国寺有牡丹一株，元和中有一年着花一千二百朵。其色有正晕、倒晕、浅红、浅紫、深紫、黄白檀等。从这一则记载中，可以想见到当时的培育工艺，已经十分高超了。

到了宋代，洛阳牡丹甲天下，欧阳修写《洛阳牡丹品序》，编了《牡丹谱》，南宋陆游也写了《天彭牡丹花品序》，还有鄞江周氏《洛阳牡丹记》、薛凤翔《亳州牡丹记》等专著，其他散见于《群芳谱》《花镜》等书中关于牡丹的记载，专记牡丹的著作太多了。至于诗、文、小说戏剧中有关牡丹的就更是数不胜数。汤显祖的名剧便以《牡丹亭》命名，《聊斋志异》把牡丹写成极为美丽的恋爱故事。

牡丹的性格，爱凉怕热，喜燥怕湿，根窠喜得新土，而且喜重肥。有人养牡丹，秋天把猪大肠斩碎埋在泥土中。怕烈风酷日，要栽种到高敞向阳的地方。过去北京中山公园牡丹畦，夏天中午上面都用苇帘子挡住太阳。夏天浇水必要在清晨及初更，须候地凉后再浇。春分后不可再浇肥料。

据传八月十五日是牡丹生日。宋朝时洛阳名园，有种上千株牡丹的，每年盛开时，主人必置酒，罗拜花前，以谢花神。此据《花镜》记载，为什么要定八月十五日为生日呢？不知道。或者是记错，或者是另有所本。

牡丹经过能工巧匠的培育，品种越变越多，欧阳修时记载已九十多种；陆游记载近百种；《群芳谱》记载有一百八十余种；《亳州牡丹记》记载有一百五十种；《花镜》记载有一百三十种。计正黄色十一种，大红色十八种，桃花色二十七种，粉红色二十四种，紫色二十六种，白色二十二种，青色三种。世有所谓黑牡丹、绿牡丹者，其实并不是纯黑、纯绿。过去北京崇效寺牡丹最出名，有珍贵品种黑牡丹、绿牡丹，所谓黑，是紫得发黑；所谓绿，是白中透淡绿，这都是我近五十年前几次看过的。清人有一首咏黑牡丹诗，中有句云："夺朱非正色，异种亦称王。"兴起一桩文字大狱。现在崇效寺早就没有了，据说这些名贵的牡丹都移到景山公园去了。

我对于牡丹有深厚感情，小时候住在北国山乡，家中即有一株牡丹，在第二进院子西北角香椿树下面，屋角正好挡住西北风，而承受东南方向的春风和阳光。年年着花繁茂，留下深刻印象。后来到了北京，长期住在苏园中，苏园花木繁多，独少牡丹，其缘故则不可思议。但当时中山公园的牡丹是极好的，大小三十余畦，有一千多株。当时即使作个旧学生，在花期中也三天两头去，泡壶茶和同学坐在花旁，一呆就是半天，几乎年年如此，未曾辜负花期。到了上海之后，也曾几次到龙华寺及曹溪公园看牡丹，曹溪公园那一丛老牡丹，有一二百年历史，在上海来说，也是十分著名的了。近年因交通关系，居住偏远，便没有再去看过。今春由淳安到天目山，正遇谷雨后，春雨方霁，寺中牡丹正开，多年不看牡丹，观赏时不胜感慨系之矣。

最后附带说一小事：盛开的牡丹花，采下后以花瓣浸入面粉鸡蛋糊中，油锅炸了，撒些绵白糖吃，极为香甜。花瓣很厚很香，是难得的佳品，由看花说到吃花，似乎太俗气了，但这不也是生活吗?

茉莉

邓云乡

家中一个小洋台，没有好花，妻子种了几盆草茉莉，亦足以点缀幽情，稍添绿意。这种花不值钱，种下后不久便发芽抽叶，葱茂地生长了。大概过不了一个月，就可以开花了。

看着这几盆草花，忽然想到，茉莉也是既有草本，又有木本的。明王象晋《群芳谱》云："茉莉有草本者、有木本者，有重叶者，惟宝珠小荷花最贵。此花出自暖地，惟畏寒喜肥，壅以鸡粪，灌以焊猪汤或鸡鹅毛汤，或米泔，开花不绝。六月六日以治鱼水一灌愈茂，故曰：'清兰花、浊茉莉。勿按床头，恐引蜈蚣。'一种红色者甚艳，但无香耳。"

这里草本、木本说得很清楚。而《花镜》《本草纲目》中都未说明此点，是不够完备的。因为草茉莉同木本茉莉，同名茉莉，却又有很大不同。即木本茉莉不结实。《本草纲目》说："初夏开小白花，重瓣无蕊，秋尽乃止，不结实。"说得十分清楚。而草茉莉却结子很多，黑色子大如小赤豆，破开全是白粉，极为细腻，是旧时作妇女化妆粉的好材料，北京就叫

“茉莉花粉”。《红楼梦》第四十四回《喜出望外平儿理妆》中写宝玉服侍平儿化妆云：

将一个宣窑瓷盒揭开，里面盛着一排十根玉簪花棒，拈了一根递与平儿。又笑向他道：“这不是铅粉，这是紫茉莉花种，研碎了兑上香料制的。”平儿倒掌上看时，果见轻白红香，四样具美，摊在面上也容易匀净，且能润泽肌肤，不似别的粉轻重涩滞。

这是《红楼梦》中的一小段旖旎文字，却是和茉莉有关的。这里在宝玉口中说是“紫茉莉”，《花镜》中有著录，但《花镜》在介绍中却和我现在种的草茉莉，好多地方都不一致。如说“似茉莉而色红紫”，实际花形和木本茉莉完全不一样。说“清晨放花，午后即敛”，也不尽然，因为我种的在太阳落山时，却又在开花，和夜来香一样，到晚间香更甚。在注解中说是“多年生草本”，也不对，因“春实频繁，春天下子即生”，说明它是“一年生草本”，而非多年生草本，不是宿根的。在植物学分类中，木本属木樨科小灌木，草本属紫茉莉科。本身即是一科。不过从植物分科中可以看出这原是两种东西。

木本茉莉来自波斯，《本草纲目》说它是由海路从波斯移植海南的。后来云南、广东人广为栽种，《草木状》写作“末利”，《洛阳名园记》写作“抹厉”，佛经作“抹利”，《王龟龄集》作“没利”，洪迈书中作“末丽”，并没有标准写法，实际上都只是译音。

我小时在北京，所住花园及各大公园很少见过茉莉花，或者有，也不大注意。只是买茶叶，北京人讲究喝花茶，叫茉莉双薰，是最好的。都是江南的茶叶运到北京，再在茶局子用鲜茉莉花薰焙的。买茶叶时，好一点的茶叶，买回来打开纸包一看，除混在茶叶中的已发黄枯茉莉花外，总要加几朵雪白带着绿蒂的鲜茉莉。小时总爱拣出一两朵，放在手心中闻香，那倒是真香。至于盆中正开放着的茉莉，则在一些著名茶叶铺如大栅栏东鸿记、张一元等店中有时看到。这些大茶铺柜台外面两边都摆着花梨紫檀的八仙桌、太师椅，挂着名人书画，桌上照例摆一盆鲜花，冬天红梅、碧桃、山茶，夏天茉莉、栀子等，因而在这种店中可以欣赏盆栽茉莉。

茉莉是热带花木，不要说在北京，在江南也是在户外过不了冬的。四十年前第一次到苏州逛虎丘，看到大面积数不清的温室，都是种茉莉花的，且均是盆栽，一尺来高。据《花镜》中说，广东一带有三四尺高的，在江南是看不到的。据说有藤本的，我没有见过。李渔《闲情偶寄》说："欲艺此花，必求木本，藤本一样着花，但苦经年即死。"藤本茉莉没有见过，可能因其"经年即死"，现在已没有人种了。

人说茉莉花是为女人生的。说别的花白天开，而茉莉却是夜间开。《本草纲目》说："其花皆夜开，芬香可爱。女人穿为首饰，或合面香，亦可薰茶。或蒸取液以代蔷薇水。"

简单地说，茉莉是一种强烈植物芳香剂。我想那么些种茉莉的花农，最大的出息就是卖给茶厂薰茶叶。至于到了夏天，花贩们编成花环和白兰花一起，卖给妇女们簪头、挂在衣襟上等等，则完全是为了闻香了。李笠翁说：“茉莉一花，单为助妆而设，其天生以媚妇人者乎？是花皆晓开，此独暮开。暮开者，使人不得把玩，秘之以待晓妆也。是花蒂上皆无孔，此独有孔。有孔者，非此不能受簪……”

所说蒂上有孔，也是很奇怪的。这一点我从未仔细观察过。但其香味浓郁，是十分迷人的。余澹心《板桥杂记》云：“至日亭午，则提篮挈榼，高声唱卖逼汗草、茉莉花……盖此花苞于日中，开于枕上，真媚夜之淫葩、殢人之妖草也。建兰则大雅不群……所谓王者之香、湘君之佩，岂淫葩妖草所可比缀乎？”

同样是花，余澹心以之比建兰，香味都很浓，却格调迴不同矣。

去年我在附近花店，见有卖盆栽茉莉的，六元一盆，本想买一盆闻闻香，但搬回来很费劲，而且又怕养不好很快便养死了，不是白花钱吗？还是看看妻子种的草茉莉吧。劳人草草，也只配看看“草花”，好花留待给高贵的人们去看罢。

罂粟

邓云乡

李时珍《本草纲目》把罂粟列在“谷部第二十三卷”：“罂粟秋种冬生，嫩苗作蔬食甚佳。叶如白苣，三四月抽薹结青苞，花开则苞脱。花凡四瓣，大如盏，罂在花中，须蕊裹之。花开三日即谢，而罂在茎头，长一二寸，大如马兜铃，上有盖，下有蒂。宛然如酒罂。中有白米极细，可煮粥和饭食。水研滤浆，同绿豆粉作腐食尤佳，亦可取油。其壳入药甚多，而《本草》不载，乃知古人不用之也。江东人呼千叶者为丽春花。或谓是罂粟别种，盖亦不然。其花变态，本自不常。有白者、红者、紫者、粉红者、杏黄者、半红者、半紫者、半白者，艳得可爱，故曰丽春，又曰赛牡丹，曰锦被花。”

而在后面“阿芙蓉”下又注云：“阿片，俗作鸦片，名义未详，或云：阿，方音称我也。以其花色似芙蓉而得名。阿芙蓉前代罕闻，近方有用者，云是罂粟花之津液也。罂粟结青苞时，午后以大针刺其外面青皮，勿损里面硬皮，或三五处，次早津出，以竹刀刮，收入瓷器，阴干用之，故今市者犹有苞片在内。《王氏医林集要》言是天方国种红罂花，不令水淹头，七八月花谢后，刺青皮取之者，案此花五月实枯，安得七八月后尚有青皮，或土方不同乎？”

李时珍的时代，尚未能预料到鸦片在几百年后对中国人的毒害，当时中国人尚不懂吸食鸦片。《本草纲目》对鸦片的药性也只说：“气味酸、涩、温，微毒。”李时珍又注解说：“主治泻痢脱肛不止，能涩丈夫精气。”又说：“俗人房中术多用之。京师售一粒金丹，云通治百病，皆方伎家之术耳。”所谓“一粒金丹”，是真阿芙蓉一分，粳米饭捣作三丸，用量是很小的。这是当时用吞丸药的方法服用鸦片的情况，后来把它熬成药膏，又烧成烟泡，放在烟枪上吸之，这恐怕是清初才传入中国的服用方法，已是李时珍时代许多年以后的事了。

鸦片战争到现在整整一百五十年了。鸦片的毒害在半世纪前，还相当普遍。在云南、贵州、四川以及北方内蒙、山西一带，还普遍种植鸦片，其栽种生长情况，基本上和《本草纲目》中说的差不多，但各地土质、气候都不同，南到云南，北到旧时绥远、热河一带，在地域上相差数千里，在气候上也相差悬殊，一个是亚热气候，一个则接近寒带，两地无霜期大不一样。按照《本草纲目》记载，罂粟是两年生草本植物，像宿麦一样，是秋天下种，冬天生长，第二年夏天收获。这在北方寒冷的地方就不可能。因而罂粟在北方旧时绥远、热河一带，冬天地冻三尺，无法生长植物。罂粟俗名“大烟”，都是春天下种，伏天开花，初秋割烟汁晒成鸦片烟土。有“六月里，三伏天，洋烟开花鲜套鲜；红桃鲜，白桃鲜，鲜花落了结成一个灰蛋蛋”的歌谚为证。罂粟花如郁金香，有红有白，大瓣十分艳丽。一花一蒂结一果，大如鸡卵，绿色表面有白霜，因而是淡灰绿色的，长在顶端。罂粟花期很短，花谢不久，果即长成，便可割汁。

前文所引李时珍注中说：“罂粟结青苞时，午后以大针刺其表面青皮，勿损里面硬皮，或三五处，次早汁出，以竹刀刮”等等，这些说明，有清楚处，如刺表面青皮，勿损里面硬皮；有含糊处，即三五处，次早汁出等。是一次三五次呢？还是刺多少次呢？多少天呢？未说清楚。具体办法如何呢？即当花落果长大有白霜时，即可取浆。五十年前所见，是用一长月牙形的很窄的薄刃小刀，用左手二指勾住茎部上端，右手持刀在果上像旋转一样轻割一刀，第一刀痕不能割透，即只割外皮，不伤内壳；第二刀痕旋转要长，接近一圈。但不能连成一个圆。以上二点，如有一点割坏，这个果便枯萎而死了。因而这割烟也像割橡胶树取汁一样，是个技巧很高的工作。小姑娘作这事最好，第一手巧，第二人个子低，不用弯腰，烟茎正好到她胸部高，割起来方便，速度快。

轻轻划一刀之后，从刀痕中立刻分泌出白色乳浆，后跟一人，立刻用手指将乳汁抿在一小罐中，罐是马口铁焊的，有环挂在左手中指上，抿下乳汁在罐上再一抿，罐口很薄，正好将手指浆汁全部刮入罐中。

割者一人，抿者一人，成为一组，动作速度要快要熟练，每天要把田中每一株罂粟上所结的果都割一遍，抿一遍。每一株不令其多结，只留一果，肥料足，才能长大，多出汁。

一天趁太阳高时割一遍，每株都要割到。如此割十至十五天，其果则日渐枯黄，再无汁分泌。大约开始割二三天，汁分泌尚少，由第四天至第十天，这一周内，是出汁最多期间，过此则逐日减少。汁白色，倒在竹席上日晒之，水份渐渐蒸发，则变为咖啡色，最后成黑色粘状物，即为生鸦片。每市亩土地，可收获生鸦片老秤四五十两，约合三市斤。在当时种此毒品之利润，较粮食高出约十倍。其害毒人的程度，则说不胜说了。

这种植物的毒，主要在于其果壳上分泌毒汁。不但吸食成瘾，其毒极为严重。如果吃一点生鸦片下去，会很快死亡。当年在种鸦片的地方，不少受压迫的妇女，都是用吞吃鸦片的办法自杀的。自鸦片战争以来，直到一九四九年前，全国为鸦片而家破人亡、直接间接死去的人不知有多少。如果说“大毒草”，这东西才真正是大毒草呢。而其嫩苗及种子都不毒，而且很好吃，这却是意想不到的。李时珍说它的嫩苗作蔬食，除热润燥，开胃厚肠，极美。至于如何作蔬，是炒了吃，拌了吃等等，未有说明，大概都可以吧。只是我没有吃过，也未见别人吃过，不便乱说了。至于说到其种子，我是见过也吃过的，不妨略作介绍。

所谓罂粟，罂是指它的果，形状如一酒坛状；粟是指它的种子，圆形小粒，如小米状。李时珍说：中有白米极细，可煮粥作饭，同绿豆粉作腐食尤佳。想来这种粥、这种绿豆罂粟豆腐，应像小米粥和杏仁豆腐一样是很可口的美味，但我未吃过见过。我吃过的却是另一种，把割完烟拔下来的枯秧上的“干葫芦”（俗名）摘下，反其壳，里面即可倒出一小撮罂粟，俗名“大烟籽”，可能有白色的，但我所见都是咖啡色的，比小米粒还小，每壳中约半羹匙，量并不多，上锅炒熟，炒时加些细盐，其味比芝麻还香。以新出笼的馒头或新煮熟的洋山芋剥了细皮蘸着吃，咸迷迷的极为香美。如与炒核桃肉、炒杏仁加麻油和盐拌作为吃粥的菜，更是别有风味。因为这一种油料作物，和芝麻一样，不用去皮。和粟米还不同，小米是粟米碾去皮，北方粟米统称谷子。黄米是黍米碾去皮，还有糜子碾的糜子米，总之都是去了糠才能吃的。而罂粟则不用去皮，实在也无皮可去，便可吃，因而名之为“粟”，也并不确切。在植物学中，罂粟属罂粟科，为双子叶植物离瓣类之一科，产温带，草本，叶互生，花两性……此科植物供药用、食用、观赏用。花草中的虞美人也属于这一科。

种罂粟和收割罂粟，是十分麻烦的。因为它是毒品，所以一般都是禁止种植的。而旧时军阀各霸一方，强迫老百姓种鸦片，以筹军罂。贵州一个军阀，百姓种鸦片，征“烟税”；不种则征“懒税”。中央派人来查禁烟，他强迫百姓把鸦片种在背篓中，背了漫山遍野去转移，谁也查不到。关于鸦片，类似这样的怪事，在过去是说也说不完，其造成的毒害更是说也说不尽。因而说它是“大毒草”，是最确切的了。

曹寅有《罂粟》诗云：“百年身世手抟沙，捡点春风笑岁华。锄尽芳兰枯杀蕙，满庭璀粲米囊花。”这里完全是当作花来咏唱的，大概在康熙年间，吸食鸦片烟还没有像嘉、道时那样普遍的吧。

树之以桑

邓云乡

《诗经·卫风》中有句云："桑之未落，其叶沃若，于嗟鸿兮，无食桑葚。"这是《氓》中的比喻，但其本身，也是很好的小诗。"其叶沃若"，已把桑叶肥大油绿的样子形容得很好了。卫是河南、河北交界处，即现在河北大名，河南卫辉两地区域，当时这些地方大概是普遍种桑树的，所以写入诗中，形象就十分真切。

桑树的种类很多，据《中国树木分类学》所列，有大叶桑、花叶桑、白脉桑、塔桑、垂枝桑、兽桑等。桑树本身在"植物学"中成一科，原产地即亚洲东部。有书记载说：扬州产的叫"黄桑"、湖南产的叫"荆桑"，通州产的叫"家桑"。实际一般都叫桑树，在我国南北各省一般都有桑树。

桑树可以长成十分高大的树，小时候家中后院有一株，长得有两三丈高，杈丫可以遮住屋顶，夏天浓绿的叶子，也可以遮阳，但当桑葚成熟时，也无法去采择，只能任其自生自落，落得院子里满地都是，地上沾满紫色汁水，染在砖上，很久不会消失。我天性不大吃各种水果，看见这些落在地上饱熟的沾满汁水的紫桑葚，十分疑心，迄今留下深刻的印象。

北方人大概在周、秦以前，便已种桑养蚕了，后来越到近古，因战争及水土流失，不再种桑养蚕了。因此各处即使有两棵桑树，也都是孤零零的大树，再不是桑林、桑园了。《孟子》上说："五亩之宅，树之以桑，五十者可以衣帛矣。"这"树之以桑"，并非是说在宅前宅后种上三五棵桑树，就可养蚕、缫丝、织帛，而是种五亩桑林、这面积是相当大的了。"桑"字字形，从中国六书原理来看：上面三个"又"字，是表示众多，大概是会意字，因而种桑总是成林的，高大的孤立的桑树，自然也是树，但对"衣帛"却不能发挥作用。记得小时候养蚕宝宝，要择桑叶，面对院中高大的桑树，就无法采叶子，只好爬上树去采，又很害怕，也够不着多少。面对茂密的桑叶，却常常为不能采择桑叶喂蚕宝宝而发愁，说来也是很可笑的。

北方很少桑林，而我在北京却见到桑林。这也是很巧的。我读书的中学，校址在西城小口袋胡同，实际是"京华蚕业讲习所"的一部分。正门在口袋胡同中间，高大的雕砖半西式大门，里面有一排二层楼。楼的右侧有大片桑园，这排楼房后面，连着一个西式大四合院。全是我就读的那个中学的教室，这二层楼的楼上也是教室，楼下却是木机织绸的机房。那个中学的校门是在桑园后面，由桑园的南墙下绕进去。而且中间有一个大栅栏门，平日锁着，但可以望见桑园内一切，那一排一个人高的桑树，上面都人工剪成三五拳头样的杈，俗名"桑拳”。春天由拳上发出嫩条，长满嫩绿的叶子，便可分批采来喂蚕了。我上了六年中学，年年窥探桑园的变化，春夏之间绿了，入冬之后光秃秃了，春天又绿了……这样我认识了桑树。这个“京华蚕业讲习所”大概是清末民初讲求农政时办的。可能是南通张状元作农工商部总长时的德政吧。后来大概没有什么发展，所以把它的所址分一半给我读书的那个中学作校址。但我当时没有详细询问过，现在事隔多年，更无处了解了。关于桑树的感性知识，便是在这里获得的。

后来到了江南，岳家在杭州，经常往来于沪杭路上，嘉、湖一带，路上全是桑园，这正是农桑之利集中的地方，自明、清以来，财富所聚，全在这一片片桑园中小小的桑树上，因而对于种桑也是十分讲究的了。其工序按时令是非常细致的。大体是：正月，立春、雨水，天晴时种桑秧、修桑，阴雨时，撒蚕沙，编蚕帘、蚕箦；本月还要准备桑剪。二月，惊蛰、春分，天晴，浇桑秧，阴雨，修桑，捆桑绳，接桑树。三月，清明、谷雨，天晴浇桑秧，阴雨，把桑绳，修蚕具、丝车。四月，立夏、小满，天晴，谢桑，压桑秧，栽桑、浇桑秧，剪桑，雨后还要看地沟桑秧，还要买粪谢桑……一直到七月，还要修桑、把桑，忙个不停。

江南老农，旧时对桑真可以说是精心培养。明末湖州涟川沈氏，编过一本《沈氏农书》，对种桑十分讲求：他说最好的品种是湖叶桑、黄头桑、木竹青。其次是五头桑、大叶密眼桑。最次是细叶密眼桑。另外有一种火桑，较其他桑树早五六日发叶，便于养早蚕。种桑根不必多，要刷尽毛。泥要筑实，清水、粪要不断浇，可以尽快长出新根。大雨之后，要逐株踏看，有泥水滰眼，要赶紧挑开，否则树就死了。桑树要不断剪去嫩条，多留桑拳，以便多发枝条，多长桑叶。一年要修剪四次，江南谚语有“孝顺种竹，忤逆剪桑”的说法，就是说手下不要留情，剪得越多越好。

种桑主要是为了采叶养蚕。因此一般不注意其果实桑葚。桑葚有紫色、白色二种，糖分很多，欢喜吃的人，说是很好吃，但是我不吃，因而味道如何也不知道。据《群芳谱》说：“荆桑多葚，叶薄而尖，边有瓣。凡枝干枝叶坚韧者，皆荆类也。鲁桑少葚，叶圆厚而多津，凡枝干枝条叶丰腴者，皆鲁类也。”市上卖水果，很少见有卖桑葚的，大概产量是很少的。

另外据说蝗虫飞过的地方，一切植物叶子都被吃光，而独不吃桑叶。为什么这样呢？这有待植物、昆虫学专家回答了。

编后记

那还是一年前，接到林贤治先生的电话，说是花城出版社正在策划一套专写“花草树木”的随笔丛书，问我有没有写这类文章的朋友可以推荐。我不擅长交际，朋友很少，问了几位，不是没写过，就是写过而篇幅不够出一本书。如实汇报时，随口说道：当下国内作者这类作品看得不多，倒是读过一些翻译作品，觉得别有一番境界。没想到林贤治先生当即拍板，命我编一册《外国名家植物小品》。

随着查阅资料的进展，渐渐发现情况与预想的大相径庭。原先印象甚佳的那些译作都是专书，整体可观，节选后不成片段。而那些原作者又都是专家，言之凿凿，却并不注重文字章法。斟酌再三，不得不忍痛割爱，最终还是回到文学的老路上来。好在近年来所谓“生态文学”方兴未艾，英国乡村散文、美国自然文学等都搭上顺风车，多有译介。中外文学中植物书写的差异，依稀可辨。

其实，中国古代植物书写也有博物学的悠久传统，不仅农书、医书之类汗牛充栋，经书、类书（如《尔雅》等）中也存有大量相关文字。而《南方草木状》《群芳谱》《花镜》《植物名实图考》之类的专书，更是兼具现代科普和园艺书写的特征。可惜的是，正统的主流文学未能遵循“多识于草木鸟兽之名”的教诲，而是偏好“比兴”之法，留下大量“托物言志”“借景抒情”的篇什。作为描写对象的植物，仅仅被当作服务于主题的修辞，自身并不具备独立的价值和意义。

许多外国文学家的笔下，同样有着类似的倾向。这是由于文学本身的共通特性所决定，古今中外，大同小异？还是外国文学中此类作品属于少数，只是我们的翻译家受到自身文学传统的制约，无意中做了选择性的译介？我见识有限，无法解释这一现象，盼博学之士能够给予点拨。

鉴于选本转向文学一边，侧重名家名篇，兼顾国别与民族特色，各种类型和风格的作品都选了一些。如此一来，选择的标准比较持中，背离了当初另辟蹊径的想法。不过，能给读者提供一个多元共存的读本，也算是失之东隅，收之桑榆。

思考中外文学中植物书写的异同，自然会联系到中国现代作家作品。中国现代作家既受古代影响，也受外国影响，而他们的作品又影响了当下的写作。如果能编选一册现代作家的植物小品，呈现中国现代文学植物书写的范式和流变，无论对于普通读者，还是对于当下的写作者，都是不无裨益的。当我把这一想法禀告林贤治先生时，又立刻得到认可，获准再编一册《现代名家植物小品》。这真是好事成双。

中国现代作家笔下，“托物言志”“借景抒情”的作品比比皆是。这一回，我决定不再秉承中庸的态度，尽量舍弃那些虚文滥调，专注于纯粹的植物书写。选文偏重知识性和经验性，先“物理”而后“人情”。我推崇的这种范式，或许算不上现代文学写作的主流，但理应是植物书写的正道。也正是因此，除了文学家之外，这个选本还收录了个别园艺和科普作家的文章，希望能以此矫正一下文学界的空疏之风。

一年以前，绝对想不到自己会编这样两册植

物小品选。林贤治先生的信任，以及在其他方面给我的启迪和帮助，实在无以回报。但愿这两册小书能够赢得读者的喜爱，让我不负所望，那将是皆大欢喜了。

桑农

2018.11.18